いただっきー！

～昭和へのタイムスリップ～

KHODS（子どもの本大好き）編著

もくじ

プロローグ　始まりは偶然の出会いから

五人の出会いは、偶然だった。

『創作童話講習会』の会場は、ほぼ満員。民子は、空いている中ほどの列の席に座り、聞き漏らさないようにメモを取った。

民子は物語を書いて、子供会や図書館で『おはなし会』を開いているおばちゃんだ。

「おばちゃんのおはなし面白かった。あの猫どうなっちゃうの？」

「今日のゆうれいこわかった。僕の後ろにいないよね」

こんな子どもたちの、ことばや食いつきそうな目にはげまされ、元気をもらっている。

もっと、もっと面白いおはなし、楽しいおはなしを作りたくて勉強をしている。

今日の講習会も、とても参考になり、終わっても席をすぐに立つことが出来なかった。

すると、両どなりや前の席から声をかけられた。

「素晴らしかったですね！」

「聞いて納得ですよね」

「今、書いている作品が行き詰まって……」

「何を書いていらっしゃるの？」

　ここで初めて顔を合わせたのだが、はなしはどんどん続き、会場を見渡すと、そこには五人の姿しかなかった。

　民子は思い切って、

「ここで出会ったのが何かのご縁、どこかではなしませんか？」

と、四人に声をかけた。


　通りを隔てた向かい側に《レストランRETRO》と書いてある。五人の足はそのレストランへと向かった。

　レストランに入ると、運よく席が空いていた。

　座るとすぐに、はなしの続きが始まった。

　店員さんが注文を取りに来ると「Aランチ五つ」と、メニューも見ずに、ただ一人の男性、長井さんが手のひらをパーにして言った。

作品のはなしから生い立ちまで、どんどんエスカレートしていった。

偶然に五人とも昭和生まれ「あの時代は……」と、またまた盛り上がった。

「物が少なかった時代だったけど、遊びも食事も着るものも、みんな工夫してたんだよね」

「端切れ板でおもちゃを作ったり、着物を子供服に縫い直しちゃうし、お魚一匹を家族みんなで食べるように料理するし……父さん母さんはすごかった！」

「遊びは、歳の上下関係無く、隣近所のみんなで遊んだな」

「天気が良きゃあ外で、缶けり、チャンバラ、陣取り、ゴム段、石蹴り……」

「そうだ」と、言うように、それぞれが昭和を懐かしんでいた。

突然、神山さんが、皆の顔を見つめながら言った。

「昭和のはなしでこんなに盛り上がっているけれど、自分の子どもの頃のはなしをしたことあるの？」

「ううん。ないわ」

「私も。テレビで昭和時代の映像を見ながら、孫が『ださい』なんて言うんで、ついつい……」

五人とも、自分の子ども時代のはなしを、誰にもしていなかった。

長瀬さんがちょっと声を強めて、テーブルを叩きながら、

「作品を書いてみんなに伝えない？」

「そうね。今は平成。昭和は遠くになりにけり……よね」

「親があっての子ども。良くも悪くも、私たちが育った時代、書いておきましょうよ」

大井さんの一声で、五人は子ども時代（昭和）を物語にすることを決めた。

五人の目は、夢を追う子どものように、これから始まる昭和時代へのタイムスリップへ向けて、きらきら輝いていた。

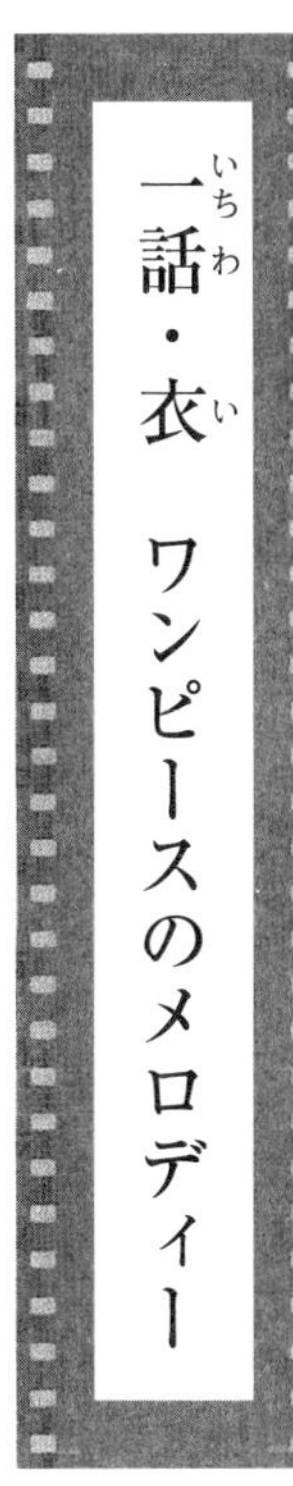

一話・衣　ワンピースのメロディー

千枝子の枕元には、姉の陽子がぬってくれたワンピースがたたんである。

六年生は、夏休みが始まるとすぐに、三日間の修学旅行にでかける。

いよいよ明日が出発だというのに、千枝子は眠りにつけないでいた。

かすかにラジオから流れてくるビートルズのメロディー、

♬イエスタデー
オー　マイトラブル　シー
ソー　ファラウェイ……♬

ミシンをかけてくれた陽子が、教えてくれた曲だ。

このワンピースにしみこんでいる気がする……。

うとうとする千枝子の頭の中に、まだ小さかったころのことがうかび、くりかえしくりかえし、心地よいメロディーみたいに響いている。

そういえば……、東京オリンピックがあったころ、千枝子はまだ一年生だった。家からすぐの甲州街道を、アベベ選手がマラソンで走りぬけたのを貴美子ちゃんたちといっしょに応援したことを思い出した。

千枝子も貴美子ちゃんたちも、お母さんの手作りのスカートやブラウスを身につけていたなあ……。

押し入れの引き戸は開いたまま、着せかえ人形と、人形の服やはぎれは箱からとびだしていた。

陽子は、待っていられず、いつも片づけていたのだが、今度ばかりは、妹をよんでこようとしていた。

「千枝子っ、かたづけなさいよ。出したら出しっぱなしなんだから」

去年建てかえたばかりの家。

二階にある、ふたりいっしょの部屋をちらかしていることに腹を立てている。

五年生の陽子は友だちをよんでいるので、部屋をきれいにしたいのだ。

千枝子は、姉の気持ちなどわからないまま、母からバービードール用のゆかた作りをおしえてもらっていた。

「いたいっ、あー、また指をさしちゃった」

「ゆっくりあわてないでぬうのよ。かしてごらん、お母さんがとちゅうまでぬってあげるから」

陽子は、階下から声がしたのでトントントンと階段をおりて、のぞいた。

「なにやってるの」

「千枝ちゃんが、バービーのゆかたを作りたいっていうからさ」

「どれどれ」

おこっているはずの陽子も、すわりこんで、母の手元をじっとみつめた。

ふたりはぬいものをする母にあこがれていた。

和裁が得意な母は、あっという間に、片袖を身ごろにぬいつけてしまった。

「おかあさん、わたしがぬうんだから、全部ぬわないで」

千枝子は、すぐにふくれた。

「そうだ、よっこちゃんがくるんだ、千枝子、二階に出しっぱなしの人形かたづけてね」

「ええ～、いまいそがしいのに」

「バービーだって、わたしのをあげたんじゃない。いうことききかなかったら、かえしてもらうよ」

ぬいかけのゆかたをはおっているバービーを、陽子がわざと取り上げてみせた。

なきそうな顔で、千枝子はダダダと二階へかけ上がった。

その後ろ姿を目で追いながら、

「まったく……、男の子みたいなところがあるんだから」

母は苦笑いしていた。(千枝子は、八つも年上の兄、晴男と、相撲やめんこで遊んだり、虫取りについて行ったりするから、おてんばになってしまったのかもしれない)と、心配をしていたのだ。

めずらしく千枝子が、人形の服をぬいたいといい出したので、少しはおちつきが身につくかもしれないと思い、母はバービーのゆかた作りを手伝ってくれていたのだ。

従姉妹の朝子姉さんが陽子にプレゼントしてくれたバービードールは、アメリカで流行してから日本でも売り出された人形だ。

ファッションモデルのツイギーみたいでスタイルがいい。

手足が自在に動かせ、片手で持てる大きさで、大人っぽい顔立ちをしている。

まだ幼稚園児の千枝子は、だっこちゃんという、空気人形をもらったが、姉のバービーがうらやましくてしかたなかった。

春休みに、五年生になる準備で、四年生までの教科書をかたづけ、机の整とんをした陽子が、

「もうお人形は卒業する」

と、バービーを一年生になる千枝子にゆずってくれたのだった。

うれしかったから、着せかえの服もたくさん作りたくなった。

千枝子は、がんばってバービーのゆかたを完成させた。

ぬい目はお手本にはほど遠く、あちこちほつれてしまっていた。

それでも千枝子は、自分のゆかたのお下がりを、バービーにゆずることができたので大満足だった。

なんだかお姉さんになった気分を味わった。

おまけに母が、ゆかたの着付けをおしえてくれた。

紺地のサテンで帯も作ってくれた。

バービーのゆかたでお太鼓帯を結べるように、なんどもなんども、母に教えてもらい練習した。

「千枝ちゃん、ゆかたが着られれば、訪問着とか小紋とか、花嫁衣装だって、和服は、きちんと着られるのよ」

意味は分からなくても、母の言葉がこのとき千枝子の心にしみていった。

（きちんと着るってどういう意味なんだろう）おさなすぎて千枝子にはさっぱりわからなかった。

バービードールは和服を着て、うれしそうな表情に見えた。

陽子も、
「千枝子すごいね。今度お姉ちゃんにもおしえてね」
と妹のがんばりをみとめてくれた。

両親は、島根が郷里だったが、戦後すぐ結婚して、父の勤め先、銀座にある出版社で、事務室の一角をかりてくらしはじめた。

子どもが生まれるので、門前仲町にある会社の寮に移り住み、晴男と陽子が生まれた。

千枝子が生まれる年に、甲州街道沿いにある上北沢の家をがんばって手に入れた。

母は、口ぐせのように、いっていた。

「安物買いの銭失いにはならないように。長く使える物を買うために、わずかな生活費を無駄づかいせず、はじめに手に入れた家財道具が、ミシンだったのよ」

陽子は、十三歳も年が上の従姉妹の朝子姉さんに憧れていた。

朝子姉さんは、実家の島根が遠かったので、お嫁に行くまで家族として、千枝子の家で過ごすことが多かった。

朝子姉さんは、洋裁を習っていた。土曜日に泊まりがけで来て、陽子と千枝子が幼いときから、おそろいの服をぬってくれたことも、たびたびあった。

陽子はそんなとき、朝子姉さんが洋裁する手先をじっくりみていた。

千枝子の家のミシンは、背中が深緑に光っているダックスフンド犬のような形をした足踏み式だった。

朝子姉さんは、我が家のミシンをよく使いこなして、みんなの洋服を作ってくれていた。

千枝子は、白地に小さな青い水玉もようのワンピースがお気に入りだった。それは四年生の陽子のピアノの発表会用の衣装として、作られたワンピースだ。そして、朝子姉さん

がお嫁にいく前に、作ってくれた記念のワンピースでもあった。

肩に丸くちょうちん袖、ウエストはギャザーがはいっていて、すそがふわっとひろがっている。

千枝子は、陽子の衣装ができたとき、（いいなあ……。ま、そのうちお下がりで着られるから、それを待っているしかないか）そう思っていた。

ところが、発表会当日になってみると、

「千枝ちゃん、着てごらん」

と母が、真新しい陽子とおそろいのワンピースを出してくれた。

「わあ、朝子姉ちゃん、わたしの分もぬってくれてたんだ。わーい」

それを着て、うきうきの気持ちで、発表会会場に家族そろって出かけた。

千枝子は、ステージで演奏する陽子と同じ衣装であることに、とても喜びを感じ、ステージ上で輝いている姉と同じ輝きの中にいると感じられるのがふしぎだった。

千枝子もピアノが習いたくなった。

ピアノは、千枝子が一年生になると同時に習わせてくれた。

父は、心を豊かにできる音楽に触れることに理解があった。

陽子と千枝子のためにアップライトのピアノを買ってくれたのだ。ミシンにつづく、家財道具はピアノだった。

陽子が低学年の頃、母は、

「晴男のお下がりの青い靴下をはいて行きなさい」

といったことがある。

「いやだ。お兄ちゃんの靴下は、はきたくない」

母と陽子は、学校に行く行かないのいい争いになった。

こんなことは日常茶飯事。衣食住をも切り詰めながら、大切な物には投資を惜しまないのが両親の方針だった。

家のカーテンは父と母の共同制作だった。父は、ミシンかけがうまい。子どもの頃、大工さんになりたかったほどだから、手先が器用なのだろう。

陽子と千枝子のジャンパースカートは、父の着古したスーツをほどき、母が婦人雑誌の付録にある型紙を使ってぬってくれた。

父のスーツは、年に一度、トクミヤさんという紳士服の仕立て屋で寸法を測って、作ってもらっていた。せっかく作るなら、長く着られるいい物を作ろうという父の考え方だ。

だから単なる古着のリサイクルではなく、千枝子たちのジャンパースカートや晴男の半ズボンは、年数はたっているけれど、英国製の高級ウール地でできていたのだ。

垣根の向こうのイチジクの木のあるおとなりに、かよこ姉ちゃん家があった。千枝子の家より、年がだいぶ上のお兄ちゃんとかよこ姉ちゃんがいた。

陽子や千枝子ともよく遊んでくれた。

千枝子が三年生になった秋のはじめ。

「ちょっと手をかしてね」

と、母がおとなりのかよこ姉ちゃんの着ていたセーターをほどいて洗った毛糸を、そばで見ている千枝子の両手にかけた。

あやとりのたばのようになっている。

千枝子は、うでを機械のように身体の前で左右にゆらした。

母がくるくるっと巻く毛糸がまるく太ると、千枝子も手伝いをした気になった。

冬が来る前、その毛糸に新しい色の毛糸をたして、かよこ姉ちゃんのおばちゃんが、陽子と千枝子に、色違いでおそろいのセーターを編んでくれた。

陽子がオレンジ系。千枝子がブルー系の横しまもようだった。二人ともすごく気に入っていた。両親や地域の大人たちに、やりくりしながら、手作りで心のこもった服を着せてもらっていた。

千枝子が上北沢小学校の五年生になった時、同じクラスに岐阜県から男の子がひとり転校してきた。大山杉太という。

目がくりっとしていて、背丈は千枝子と同じくらい。

両親は高山で、開業医をしているそうだ。

後継ぎにならなくてはいけないので、東京にある大学の医学部に進学するために、私立のW中学を受験しようと、上京したのだそうだ。それで、おばさんの家に下宿している。お姉さんがふたりいて、やはりいっしょにおばさんの家から通学しているという。

小学生なのに下宿しているときいて、千枝子はすごいなと思っていた。

転校早々、杉太は千枝子のとなりにすわった。

先生は背の順に前から座席を決めるので、千枝子と杉太はずっと似たような順番で座席が決まった。

その日から、杉太とは給食時間になると、前後四人一組で机を合わせるので、目の前だったりななめうしろだったりと、いつもいっしょだった。

　おもいきり笑ったとき、

「神山さん、鼻から牛乳が出てるよ」

　と、からかわれたりした。

「大山くんのお姉ちゃん桜子さんていうの。へえ〜」

「そうだよ」

「わたしのお姉ちゃんは学年は四つ離れてるから、もう高校生で、洋裁も上手なの。ほら、この服もお姉ちゃんがぬってくれたんだよ」

「すごいね。おいらの姉ちゃんは、三つ上だぜ。私立の中学校だから受験なしで高校にも行けるんだよ」

「うちは、都立の千歳丘だよ。いっしょの部屋だからラジオの歌もいっしょにきいてるのよ」

　杉太は目を輝かせた。

「どんな曲？」

「英語の歌が多いの。そうそう、グループサウンズはワイルドワンズのファンなのよ」

「おいらんちはタイガースのジュリーファン。薫子って五歳上の姉貴はビートルズを聴いてるよ」

「ビートルズ、いいよね。わたしもすきだな」

「イエスタデーは、昨日という意味なんだよね」

千枝子もイエスタデーの英語の歌詞を陽子に頼んでおしえてもらって覚えていた。

それをカタカナで紙に書いて、杉太と見せ合ったりもした。

なんだか、ふたりとも姉さんからの影響からか、給食の時間は共通の話題がたくさんあったので、いつもおしゃべりばかりしていた。


修学旅行の一ヶ月前に、体育館で旅行についてくわしい事前説明の、学年全体集会があった。

しおりに、『着脱しやすい服を二泊分用意すること』とあった。

千枝子はしおりを見せながら、母に、

「おかあさん、旅行用の服がほしい」

と、頼んだ。

「朝子姉ちゃんは、お嫁にいってしまって忙しいだろうからねえ。お母さんが作るんじゃ古くさくなってしまうし、こまったねえ」

千枝子は、がっかりした。

服がほしいなんて生まれて初めての気持ちだったのに……。

けっきょく、高校生の陽子が、ワンピースを二着ぬってくれることになった。

千枝子は、姉のことをまぶしく大人のように感じた。

「千枝子、どんな生地にしようか。今度の日曜に渋谷まで生地を買いに行こうね」

「ミシン糸やバイヤステープも買ってきなさい」

母が姉に念をおしていた。

日曜日に姉に連れられて、井の頭線の渋谷駅から歩いてすぐのトーアという店に入った。

古着のリサイクルではなく、真新しい生地で服をぬってもらえる……。千枝子は、うれしいような、もったいないような、気持ちになっていた。修学旅行への胸の高鳴りは、千枝子にとって、幼い頃の、遠足前にねむれないわくわくともちがい、運動会前の緊張ともちがう、なんだかよくわからない、落ち着かない心持ちだった。

そして、ひざ丈のノースリーブのワンピース二着が、修学旅行一週間まえに完成した。

一枚は、モスグリーンの細かいチェックの木綿地に、白い縦タックが細かく入っている胸あてが、大きめのよだれかけみたいにぬいつけてある。

もう一枚は、白地にブルーの小花模様、木綿のサッカー生地で、小花と同色のブルーのチロリアンテープで、胸あてのように丸く飾られていて、共布のフリルが添えられている。

千枝子がワンピースを着てみると、ピッタリで着心地は最高だった。

陽子の洋裁の力は、本物だ。

千枝子は陽子を尊敬し、姉でいてくれたことに感謝した。

きっと母や朝子姉さんのそばで、いつも服の作り方を見ながら、学んでいたに違いない。ファッションに対する想いがとても深かったのだろうと思った。

「千枝子、よく似合ってるよ。このワンピース、だれに見てもらいたいの？」

陽子が、ほほえみながらきいてきた。

「うーん、貴美子ちゃんかな」

「そうなの、かわいいねって、いってもらえるといいね」

ほんとうは杉太に見てもらいたいという想いでいたが、心の奥にしまっておいた。

姉はそのことに気づいたのかもしれない。

六年生になってから、杉太と仲良しだとか、二人はお似合いのカップルだなどと冷やかされていたから、千枝子は、杉太を好きかもしれない自分に気づいたのだ。杉太と目を合わせることもできないのはなぜなのか、千枝子は分からなくなっていた。

修学旅行の当日が来た。

千枝子は、目覚めるとすぐに、枕元にたたんでおいたワンピースを着た。早めに布団に入ったのに、熟睡できていない。

初日は、学校からバスで浅草まで行き、東武電車で日光へ向かう。

電車の中でお弁当を食べ、女子四人並んでスナップ写真をとってもらった。

杉太は、向かい側のカメラマンのそばにいて、笑わそうと変な顔を見せていた。

白地にブルーの小花模様のワンピースを着ていたが、あいにくの雨で、半透明のカッパをはおったままだった。

なんだか心にまでカッパを着てしまったようだった。

日光駅からは、観光バスに乗って、いろは坂をのぼり、小雨のなかで、華厳の滝をみた。

一泊目は、男体山を映す中禅寺湖のほとりの宿だった。

千枝子は、とうとうワンピースを杉太に見てもらえないまま、パジャマに着替えることになった。

夜はなかなか、寝つけず友だちとトランプをしたり、おしゃべりをしながら夜中まで起きていた。

騒いだ男子が、先生に見つかって廊下に正座をさせられていると、だれかが話していた。その中に、杉太もいたと、わざわざ教えてくれる子までいた。（何やってるんだか……、大山くんどんなことを考えてるの？）

千枝子は天井を見つめていた。

二日目は、散策の予定だった。

青空のもと、中禅寺湖の遊覧船に乗り、マスの養殖場を見学した。

竜頭の滝から歩き始め、登り切ったところでお弁当を食べた。

千枝子は遠くから、チラッと杉太の横顔を見ては、ため息をついた。

戦場ヶ原を歩き、扇のように繊細な流れの湯滝を見学して、湯元温泉に泊まった。

三日目。

早朝の散歩では硫黄のにおいがつんとくる源泉を見た。

天気はあいにく朝から霧雨模様だった。

バスでいろは坂を下り、車窓から赤い神橋を見ながら東照宮にむかった。むし暑さの中で三ざるや眠り猫を見学した。

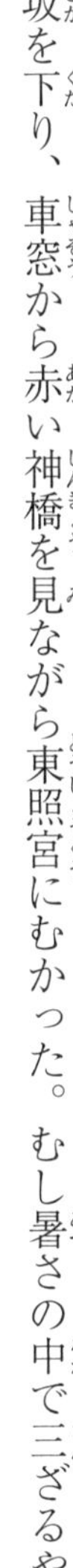

鳴き竜のキーンと響く声を聞いたとき、目には見えないけれど、その音にはすがすがしさがあり、大切な意味があると心にきっちり伝わってきた。

千枝子は、真新しいモスグリーンのチェックのワンピースを着ていた。浴衣を着たバービードールに、日本の心が移されたように、手作りのワンピースを身につけた千枝子の心には、今までとちがう、別のなにかがそっと宿ったように思えた。

霧はすっかり晴れて、夏空に杉並木が高くそびえていた。東照宮の鳥居をくぐり出てから、砂利道を歩いていると、すこし風が吹いてきて、むし暑さをいやしてくれた。

とつぜん杉太の声がした。

「神山さん」

ふり向くと、カメラのシャッターがおされた。

「すっごく、かわいい服だね」

ひとことといって、千枝子を追い越していった。

修学旅行に同行しているカメラマンではなく、杉太が持ってきた小型カメラ

のシャッターを押したのだ。

ドキドキッと、いきなり胸の鼓動が高まり、聞いたことのあるメロディーが千枝子の心に届いた。

「千枝ちゃんも大山くんを撮っておいたら？」

貴美子ちゃんがカメラを差し出した。

顔がにやけていたので、貴美子ちゃんに心を読まれてしまったかもしれない。

「ええ、いいよべつに」

平静を装ってこたえると、

「卒業したら、別々になっちゃうんでしょ。写真一枚ぐらい撮っておいた方がいいよ。ぜったいに」

といって、カメラを千枝子の胸におしつけた。

（別々の学校……。それに、大山くんの写真を撮れるのは今しかないんだ……）とわかったとたん、鼻の奥がつんとした。

おもわず、

「ありがとう、じゃあ貸してもらいます」

貴美子ちゃんのカメラを持って走った。

杉太への想いが大きくふくらんで、背中を押した。

「大山くーん」

久々に大きな声で呼びとめた。

杉太は、立ちどまり、くりくりの目を輝かせて笑顔を返した。

千枝子は、カメラのシャッターを迷わず押していた。

♬イェスタデー
オー　マイトラブル　シー
ソー　ファラウェイ……♬

頬は熱くなって、心はふるえていた。

千枝子に聞こえているメロディーはビートルズの『イェスタデー』と、ようやく気づいた。

杉太といっしょに覚えたのに、歌詞の意味がわからない……。

うつむく千枝子に、

（中学生になったら、英語を訳して、大山くんに送ってみたら……。きっと思いは伝わるから）

ワンピースがそっと教えてくれた……。

千枝子は思わずモスグリーンのワンピースの胸に手を重ね、少し先の未来をのぞいた。

二話・食　思い出の味アイスキャンデー

新緑がまぶしく、春風がさわやかに吹く四月の終わりごろになると、五年生のかよは、ようやく新しい教室になれてきた。

手編みのセーターから、衣替えをしたばかりの木綿のブラウスを着て、学校へ行こうとしたときだった。

玄関の戸が、ガラガラと開いて、大きな声がした。

「ごめんください」

かよが、玄関へ走って行くと、革のカバンを重そうに持った男の人が立っていた。

「やあ、かよちゃん、元気だったかい！　しばらく見ない間に、ずいぶん大きくなったね」

男の人はかよの顔を見るなり、なつかしそうにいった。

「まあ、まあ、よく来てくださいましたね。待っていましたよ。今年もよろしくお願いします」

おじいさんをはじめ、家族みんなが出迎えにやって来て、あいさつをすませると、おじいさんとお父さんは、さっそく表通りに面した十帖ほどの機械室に入り、仕事の事を話し始めた。

玄関に掛けてある大きなボンボン時計が、八時を知らせはじめたので、かよは家を飛び出して、学校へと急いだ。

この男の人は、毎年、アイスキャンデーの機械を動かすために、大阪からやって来る機械屋さんだ。話が終わると、すぐに作業着に着替えて仕事を始めた。


「ただいまー」

学校が終わって、かよが家に着くと、機械が生き返ったように忙しく、ガチャ、ガチャと大きな音を家中にひびかせていた。

この音を聞くと、もうすぐ夏がやって来るのだと、かよはいつも思うのだった。機械の音は、秋のおわりの寒くなるころまで、休まず鳴り続けているのだった。

かよは、ランドセルを背おったまま、ガラスごしに機械室をのぞくと、機械屋さんは、油まみれの手をあげて、にっこり笑って手をふった。

かよの家は、アイスキャンデー屋さんだ。

機械屋さんが帰った次の日から、おじいさんとお父さんは、毎日、いろんなアイスキャンデーを作っては売っていた。

かよのお父さんは、三男であったが戦争が終わって、家を継ぐようにといわれたのだ。長男は戦死し、次男は結核で病死したので化学工業の研究室にいたお父さんは、かよが生まれる前に、この家に帰って来た。

かよの家は、おじいさん、おばあさん、お父さん、お母さんに弟二人の家族と、毎日働きに来ている人など合わせて、十数人で暮らし、アイスキャンデーを作って売っていた。

アイスキャンデーの種類は、ミルク、あずき、いちごミルク、ソーダー、オレンジ、リンゴ味などがあり、機械室の中は、いつも甘い香りがただよっていた。

昭和三十年代の始めは、どの人も食べるのが精一杯で、まだ電気冷蔵庫などは、どこの家庭にも普及していなかった。

戦争から帰った人が職を求めて、かよの家にやって来た。

「アイスキャンデーを、売らせてください」

売り子さんたちは、水色の地にペンギンの絵をかいた木の箱の中に、ブリキの箱を入れその間に氷を詰めた。そこにアイスキャンデーを一杯詰め、頑丈な自転車にのせて、売りに出発して行った。麦わら帽子をかぶり、箱につけた旗をなびかせ、ハンドベルをリン、リン鳴らし、太陽の照りつける町中を売りに回った。

「アイス、アイス、冷やっこいアイスは、いらんかなー」

そんな声が町中に聞こえて来ると、外の気温もぐんぐん上がり始める。

かよの家の表通りに面した店にも、汗をふきふき、連日お客さんがやって来るので、家族みんなは大忙しだ。

「アイス、ください」

「はいはい、何がいいですか？　今日はまた特別に、暑いですね」

おじいさんは、そう言いながら、アイスキャンデーをお客さんにわたしていた。

お店は家の表通りに面した左側にあり、幅三メートル位で、深さ一メートル、奥行き一・五メートル位の大きな箱型の冷凍庫が、でんと座っていた。

冷凍庫の扉は、前後に五つずつ付いていて、店側の前の扉はアイスキャンデーを保存するために、後ろの扉三つは、アイスキャンデーを冷やし固めるための扉で、上下に開閉した。

アイスキャンデーの作り方は、隣にある準備室で材料をあわせて作り、機械室ではアイスキャンデーのいろんな種類の液体を型に入れ冷凍庫に入れる。少し固まれば取り出して、一本一本棒をさして、しっかり固まると、水につけて型から抜き取ると出来上がりだ。それを種類ごとに冷凍庫に入れておき、お客さんの注文におうじて手渡したり、直接冷凍庫から取ってもらったりしていた。


ある夏の暑い日のことだった。

日傘をさしたお母さんと、ピンクのリボンの麦わら帽子をかぶった女の子が、アイスキャンデーを買いにやって来た。

「ごめんください。アイスキャンデーを一本ください」

「暑いですね。何にしましょうか？」

おじいさんは、たずねた。

紙の短冊にかいたメニューを見ながら、女の子は、小さい声で言った。

「いちごミルクください」

おじいさんは、にこにこしながら、一本女の子にわたし、もう一本は、お母さんにもわたした。

「はい、一本おまけ、少しこわれているけど、味は同じだよ」

「私にも、一本ちょうだい」

そばにいたかよも、おじいさんに言った。

「はい、はい、こわれているけど味はいいよ」

かよは、こわれたアイスキャンデーを受け取ると女の子と顔を見合わせ笑いながら、アイスキャンデーにかぶりついた。

冷たいアイスは、すべるようにのどの奥へ、溶けながらゆっくり入っていった。

「早く食べないとアイスが溶けて、手がべたべたになるよー」

そういいながら、がつがつ食べているかよのようすを見て、女の子は声を出して笑った。

「痛いっ！」

かよは、急いで食べたので頭がキンッとなって、しかめ面をしたが、汗はスーと引いて体はさわやかになった。

かよの夏のおやつはいつもこわれたアイスキャンデーだった。

おじいさんは、こわれたアイスを遊びに来た、かよや弟のお友だちにもあげるのだった。そんなやさしいおじいさんが、かよは大好きだった。

おじいさんは、アイスキャンデーを食べる子どもの顔をながめながら、かよに言った。

「せっかく作ったんだから、食べてもらいたいんだ」

おじいさんは、かよがおいしそうにアイスキャンデーを食べている姿を見て、戦争に行った時のことを思い出しながら話した。

「戦争になると、子どもたちもにこにこ笑って、アイスキャンデーなんか食べられないんだよ。戦争は何もかもこわしてしまうからね」

そういって、おじいさんは悲しい顔をした。

おじいさんはときどき、戦争に行ってかかったマラリヤの後遺症で、震えと熱で寝込むことがあった。そんな時、かよはとても心配したのだった。

暑い日みんなが忙しく仕事をしている時に、突然事件が起きた。

「たいへんだ！　たいへんだ！」

家の中が大混乱になった。

機械から、冷やすためのアンモニアがもれて、家中に充満した。

家にいたみんなは息をこらえて、いっせいに外へ飛び出し、まず外の空気を一杯吸ってから、ハーハーしながら、おさまるのを待った。

「目がチカチカするよ。息ができないよー」

弟たちは、泣きながら、お母さんにしがみついて外へ飛び出た。

でもおじいさんは、刺激の強いアンモニアで充満している機械室の中へ、目と口を押さえ、手探りで飛び込んで行った。

しばらくすると、機械が止まり、アンモニアの強烈な匂いが止まった。おじいさんの修理が終わると、またいつもどおり機械は、動き始めた。ほっとしたみんなは家の中に入り、もとの仕事を始めるのだった。毎年、こんなことが何回かあって、アイスキャンデー作りは終わっていった。


九月に入り、二学期が始まった。

夏休みの宿題をかかえて、かよは登校した。教室に入ると、久しぶりの友だちの顔を見て、学級のみんなは大はしゃぎだ。

「おい、焼けたなー」

「黒いのは、おれだよ」

次つぎに男の子たちがやって来て、日焼け自慢をしていると、チャイムが鳴った。

朝の朝礼が始まり、先生と一緒に入って来た女の子がいた。

「あれっ！」

かよは、思わず声を出してしまった。

女の子も気が付いたのか、かよの顔を見つけてびっくりした。

先生は黒板にチョークで大きく名前を『山田幸子』とかいてから、みんなに紹介した。

「今日から、この学級のお友だちです。みなさん仲良くしてください」

女の子も、恥ずかしそうに頭を、ペコンとさげておじぎをした。

席は、かよの後ろがあいていたのでそこに決まった。

「やあ、幸ちゃん！　よろしく。仲良くしようね」

「うん、よろしく」

幸ちゃんは、夏休みの始めに、かよの家に、アイスキャンデーを買いに来たあの子だった。かよと幸ちゃんはすぐお友だちになり、帰り道も同じ方向なので、いつもいっしょに帰った。

「私、大阪に住んでいたんやけど、空襲で焼け野原になったので、空襲に合わなかった奈良の方がええから、ここに来たんや」

「たいへんやったんやね。今住んでいる家はどこやの？」

「かよちゃんの家から近いよ」

「じゃ、これからいっしょに遊べるね」

「明日、宿題いっしょにしょうか」

「うん、ええよ。じゃ、さいなら」


次の日。

学校が終わった帰り道。いつもの男の子たちといっしょになった。

信ちゃん、光ちゃん、博ちゃんに、幸ちゃんが加わり、石けりをすることにした。

みんなは思いおもいの石を見つけて、石をけりながら帰るのだ。だれが最後まで石をけり続けられるのかだ。

石をけりながら話すことは、食べ物のことばかりだ。

今日は、今までお弁当だったけど、四月から始まった給食の話で盛りあがった。

「毎日、コッペパンばっかりやし、脱脂粉乳のミルクまずいな」

信ちゃんは、怒った顔をして言った。

「それなのによー、となりの女の子が先生の見てないときに、おれに飲んでって渡すんだ。そしてカラのコップをさっと、自分のところにおいてな……」

「そやけど、おれなんか学校の給食はごちそうや。お弁当のときなんか、麦入りのご飯に入れるおかずがないので、かつお節と梅干しだけやで、ねこと同じやん」

光ちゃんは、石を一回けってつまらなさそうに言った。

「もうすぐ遠足やね。バナナ持っていくのが楽しみやわ」

かよはニコニコした。でも光ちゃんは、うらやましそうな顔をしながら言った。

「バナナは高級品やから、おれなんか持っていかれへん。かよちゃんのバナナ少しもらおう」

石はころころ転がって、どんぐりの落ちているところでとまった。

光ちゃんはどんぐりを一つ拾ってから、手のひらにのせて見せた。

「このどんぐり食べられるかな?」

「食べられるって、うちのおじいちゃんが言うてたよ」

かよは、得意げに言った。

博ちゃんのけった石は、草むらの中を飛びこえて、川の中に落ちた。

「ちくしょう、今日は、一番の負けや」

悔しがっている博ちゃんの足もとに、のびるやスカンポ（いたどり）、すぎなが生えていた。博ちゃんはスカンポを指さして、一本ポキンと折った。

「これは食べられるよ。春の始め、兄ちゃんが食べたんや。でも今は伸びててだめやけどな。つくしもや、すぎなになってるけど」

博ちゃんは残念そうにいって、持っているスカンポを川に投げた。

かよはいきなり、幸ちゃんの手を引っ張った。

「あっ、あかん。こんなことしてたら、幸ちゃんと遊べなくなる、早く帰ろー」

「うん」

かよと幸ちゃんは、男の子たちとわかれて、急いで家に帰った。

家に着いたかよは、宿題をかかえて、教えてもらった幸ちゃんの家へととびだした。

幸ちゃんは、大きな家の離れに住んでいた。

「ごめんください」

かよが家の中へ入ると、お母さんはせっせと和服の仕立ての内職をしていた。

「あら、いらっしゃい。この前の、アイスキャンデー屋のかよちゃん？」

「そうや、今日は、私といっしょに宿題しようって、約束したの」

「かよちゃん、これからもよろしくね」

お母さんは着物を縫う手を止めて、にっこり笑った。

「さあ、上がって狭いけど」

幸ちゃんは、三間しかない奥の部屋へ連れて行った。宿題をしながら幸ちゃんは言った。

「お母さんね、新しい家を建てるために、頑張ってるんや。早く新しい家に住みたいな」

二人が宿題をすませると、思い出したようにかよは言った。

「あのね、もうすぐ、家の前に紙芝居屋さんが来るんやけど、行ってみない」

「うん、行きたい」

かよの家の前に農協の大きな建物があり、その前はちょっとした広場になっていた。

カチ、カチ、カチと、拍子木のたたく音が聞こえてきた。

「あっ、幸ちゃん急ごう」

あっちからもこっちからも、子どもたちが集まって来た。

このころは、まだテレビはほとんどの家になくて、紙芝居が子どもたちの楽しみだった。紙芝居の

おじさんは、自転車に積んだ箱の引き出しから、いろんなお菓子を売り始めた。

ペロペロあめや、型ぬきラムネ、のしするめ、酢昆布、大きなえびせんべいに水あめをつけたものなど、どれも一つ十円だ。

お菓子を買うと、紙芝居は観られる。

かよはえびせんべい、幸ちゃんはのしするめを買った。

「さあ、お菓子は、もういらんかな。じゃ、始めるよ」

カチ、カチ、カチ、拍子木の音が鳴り、紙芝居が始まった。

みんなは、紙芝居の見えるところに集まりじっと見つめた。

おじさんの名調子で話が進んでいった。

人気の『黄金バット』、『月光仮面』、『鞍馬天狗』などがあり、みんな紙芝居に夢中だ。残念ながらその中の一話だけで、話が終わってしまうのだ。

「じゃ、これでおしまい。続きは次のお楽しみ」

カチ、カチ、カチ
拍子木の音で紙芝居は終わった。

その他にも、この広場にはいろんな人が売りにやって来た。

あめ細工屋さんは、自分の好きな物を作ってくれるので、かよは、うさぎを作ってもらったことがあった。わりばしに白いあめを付けて練りながら、ハサミを使い作るのだ。形ができあがると、食紅で耳と目に色を付けてできあがりだ。

「はい、おじょうちゃん」

「わあ、すごい！　うさぎさんだ」

かよは、あまりの嬉しさに食べないで、自分の机の鉛筆立てに立てておいたら、うさぎのあめは溶けて、お化けうさぎになった。

すると弟が見つけて食べてしまったのだった。

「こらっー」

かよは怒りながら、追っかけて泣かしたことを思い出す。

その他にもわらび餅屋さんや、たこ焼き屋さんは屋台を引きながら来る。冬には、焼き芋屋さんがリヤカーを押してやって来た。

「熱っ！」

かよは、ほっくほくしながら、たこ焼きや焼き芋を食べた。

「ああー、おいしかった」

これらはかよの、思い出の味だ。

かよの家のアイスキャンデー作りは、各家庭に電気冷蔵庫が普及し始めると、終わりをつげることになった。

その年の秋祭りが終わると、あわただしく機械室に工事の人が入って来て、少しずつ事務所に変わっていった。横道の方は、庭をつぶして、大きな冷凍室の工事が始まった。お父さんたちは、四月の売り出しに間に合うようにと急いだのだ。

大きな部屋の冷蔵庫もいいのだけれど（おじいさんの作ったアイスキャンデーは、もう二度と食べることができなくなった）と思うと、かよは何だかさみしさで一杯になった。

その代わりにメーカーから、大きなトラックいっぱいのアイスクリームが、裏手に造った冷凍室に入るようになった。

「この冷凍室は、マイナス三十度やから、ものすごく寒いよ。だから気をつけてね」

お母さんは、かよや弟たちに言った。

大きな冷蔵庫の中は、三帖ほどの準備室があり、そこは家庭用の冷蔵庫と同じ温度で夏の暑いときそこに入ると気持ちがいい。でもその奥は広くて寒い冷凍室になっている。

お父さんたちは、南極探検隊と同じ服に着替えて入って行き、アイスクリームを出し入れしていた。

「食べてみー、どや、おいしいやろ」

お父さんは、ときどきかよにアイスクリームの新製品を一つ味見にわたすのだった。

「わっ、おいしいわー」

かよはバニラのきいたクリームに、パリパリのチョコで巻いた棒のアイスが好きだった。ミルクとチョコがゆっくり溶けていき、アイスキャンデーとは違う、やさしい味が口の中で広がった。

いつの間にか、自転車で売りに回っていたアイスキャンデー売りのおじさんたちは、いなくなっていった。その代りに、車の運転のできるおじさんが、遠くまで小型自動車で卸しに行くようになった。山のふもとの田舎のお菓子屋さんやよろず屋さんまでも、冷凍庫にアイスクリームを入れて売るようになった。

配達から帰って来たおじさんは、かよを見つけると、売れないアイスクリームを出して来てわたした。

「かよちゃん、はい、アイスクリームあげるよ。つぶれているけど、捨てるともったいないからな、食べて」

働きに来ている人から、ときどきもらうのだった。

そんなとき、おじいさんの言葉が頭の中から出てくるのだった。

「こわれているけど、味は同じだよ」


いつの間にか一年が過ぎ、小学校生活の終わる春が来た。

卒業式は、かよと幸ちゃんとの別れの日だ。

仲が良かった幸ちゃんは、新しい家ができたので、電車で五駅も行ったとなり街に、引っ越して行くことになった。かよと幸ちゃんはとても悲しい気持ちで、胸いっぱいになった。

「ねー、幸ちゃん、大きくなったら何になりたい」

幸ちゃんはすぐに答えた。

「私ね、前から幼稚園の先生になりたいと思っていたんやけど……、かよちゃんは?」

「私、まだわからない……。でも、大きくなったら、また会いたいね」

「うん、約束だよ」

二人はしっかりと指切りをした。

「夏の暑い日に、かよちゃんの家に行ったら、おじいさんからアイスキャンデーもらったね。おいしかったよ。もう一度食べたかったな……」

幸ちゃんはなつかしそうな顔をして、天井を見た。かよは、幸ちゃんの目が、うっすらと赤くなっているのに気がついた。

「でも、もう作ってないもん」

「残念やなー、私、おじいさんのアイスキャンデーの味忘れないよ。ありがとうて、言っておいてね」

「うん、わかった」

かよも、幸ちゃんの顔がうっすらとぼやけて見えた。

「じゃ、元気でね」

かよと幸ちゃんは堅い握手をして、二人はそれぞれの中学へと進んで行った。

三話・住　二人の作戦

学校からの帰り道。

「民ちゃん、今日は私ん家で遊ぼ！」

「登美ちゃん家、工事が終わったの？　本当に行っていいの？」

民子は、しばらく登美子の家に行かなかったので、どこが変わったのか、きょうみしんしんだった。

「うん、終わったよ。どんな風に変わったかは、来てのお楽しみ。待ってるからね」

登美子は振り返りながら、手を振った。

民子と登美子は四年生。田代学級で並んだ席。家も近いので、学校から帰ってから日が暮れるまでいつもいっしょだ。それで、みんなから「双子の姉妹のようだ」と、言われている。

民子は（登美ちゃん家、どんなに変わったかな？　早く見たーい）と、かばんを玄関に放り投げると、登美子の家に走った。

「こんにちは」

引き戸を開け、一歩足を踏み入れた民子は、目玉が飛び出るくらい驚いた。玄関の土間のたたきが、青色のモザイクのような模様のたたきに変わっていたからだ。

「これ！　どうなってんの？　このまま靴でいいの？」

民子はそっと、そっと、足を入れた。

「玄関だから靴のままで大丈夫よ。この頃の流行のモザイクタイル張りだって。掃除もモップで簡単にできるよ」

登美子はぶっきらぼうに答えた。

「この机と椅子は？」

「お父さんが打ち合わせをしたり、お客さんと、ちょっとお茶を飲んだりするところ」

「いいな！　いいな！　きれいでいいな！」

民子は思いっきりジャンプした。下りたとたん、つるんと、尻もちをついた。

「民ちゃん大丈夫？」

「平気、平気！　タイルって滑るんだね」

「あっははは。こんな所でジャンプなんかするからよ。民ちゃんこれで驚いちゃだめ！」

と、登美子は奥の格子戸を開けながら、手招きをした。

格子戸の奥には、今までは土間に流しやかまどがあって、左手に囲炉裏があったが、民子の目には、平らな板の間に大きな机と、病院のようなスリッパが並んでいるのが見えた。

「あの。囲炉裏があったでしょ。どこ……？」

「うふふ。民ちゃんの足の下」

「え！　隠しちゃったの？」

確かに、ここに囲炉裏があったはずだが影も形もない。

「あの。どこでご飯を作って、どこで食べるの？　かまども無いし、今までと全然違うね」

民子は、キョロキョロ見回した。

「ここでご飯を食べるの。もう、正座しないから足がしびれないよ」

登美子は大きな机を〝トントン〟叩いた。

「いいな。登美ちゃん家はいいいな」

民子は心から（椅子だったら、足がしびれなくていいいし『行儀が悪い。食べる時くらいは、ちゃんと座れ』って、父さんに叱られないだろうな）と思い、なんども机をさすっては、ため息をついた。

「民ちゃん、こっちも見て」

襖からドアに変わった次の部屋は、ふかふかの絨毯が敷かれ、肘掛のある椅子とレース編が置かれた机が……。

テレビにステレオ、壁には絵が飾ってある。

「畳の部屋も広くて良かったのに、何で椅子にしたの？」

民子はふかふかの椅子に腰を下ろし、不思議そうに言った。

「あのね！　お父さんがどこで聞いてきたのか『私たち子どもが正座の生活だと、背丈が大きくなれないから……』だって。でもね、本当は自分が椅子に座りたかったみたいよ」

「ふーん。おじさんって、いいとこあるね。ハイカラだね！」

「そうでもないよ。夕べお肉をナイフとフォークで食べようとしたら『おれは日本人だ、箸で食う』って、笑っちゃうよね」

「この近所で、一番先にテレビがついたのも、登美ちゃん家だったね。農作業が終わって夜に、近所の人がプロレスやプロ野球のナイターを見てわいわいさわいだよね」

「そうそう。私も民ちゃんも小さかったけど、どこかのおじさんの膝にちょこんと座って、わけのわかんないテレビを見てたよね」

「洗濯機も冷蔵庫も、登美ちゃん家が一番先だったね」

「まあっ、そんなことはどうでもいいでしょ。今では、民ちゃん家にも、テレビも洗濯機もあるでしょ。早く着せ替え人形で遊ぼうよ」

二人は縁側で、登美ちゃんのお母さんが縫ってくれた洋服を、人形に着せて遊んでいた。

「よお！　いつも仲がいいことだね」

垣根越しに、同級生の健二が声をかけた。

すると、民子が立ち上がって、

「健ちゃん、ちょっと、ちょっと、玄関に回って。びっくりするよ！」

と、自分の家でも無いのに、大きな声で健ちゃんを誘った。

「わかった、すぐに回るから」

健二は、さっと駆け出した。

「民ちゃん、なんで健ちゃんを？」

「ちょっとね……」

民子は登美子の肩をポンと叩き、玄関に向かった。

玄関の引き戸を開けた健二は、

「これ？　登美子ん家どうなってんの？」

「これが流行りのタイルよ。こっちも……」

民子に誘われ、健二は奥の格子戸を開けた。

「へえ！　ここにあった囲炉裏は？」

「それは、この床の下。ご飯はここで食べるんだって」

民子が机を〝トントン〟叩き、健二の顔をのぞき込んだ。

「こっちは、応接間でございます」

民子は両手を広げ、健二を誘った。ドアを開けた民子に、覆いかぶさるように、健二が大声を張り上げた。

「どひゃ！　どうなってんの？　外国人の家に来たみたいだ！」

健二はふわふわの椅子に腰を下ろし、ぽわーん、ぽわーんと、お尻をゆらした。

「気持ちいい。登美子ん家はいいな！」

「でしょう。おじさんが物分りがいいからね」

民子と健二が顔を見合わせると、二人の間に、ビビッと電気が走ったように思え、二人がいっしょにまばたきを二、三度くり返した。

民子は心が落ち着かないで、そわそわしていた。

健二も何か言いたそうに、ちらっ、ちらっと、民子を見ていた。

登美ちゃん家の帰り道、民子は健二に言った。

「登美ちゃん家いいよね。椅子でご飯が食べれるもん。足がしびれないからいいよね。椅子だったら『行儀悪い』って叱られないよね」

「おれん家だって、囲炉裏の煙が煙くて、涙を出しだし飯を食うんだ。囲炉裏が無いだけでもいいな」

「そうだよね。薪がしめっていたら、煙くて最悪だよね。登美ちゃんのおじさんが言うとおり、体にも悪いよね」

民子は最後の言葉を強く言い切った。

「ほんに、登美子ん家のおじさん、物分りがいいよな」

「健ちゃん、ちょっと……」

民子が健二の耳元で、何やら話をした。

「そうだな。おれもそう思っていたんだ」

「なんだ、健ちゃんも同じだったの？　じゃあ、今夜、実行しよう。健ちゃん約束だよ」

「わかった。じゃあな」

健二は民子に背を向けると、一目散にかけて行った。

その夜のこと。

民子は囲炉裏の前にノートを広げると、

「宿題をしよう。今日は『日本の子どもの体格について、背が高くなるには』の作文だ！」

「民子、どうしたの？　今から宿題を？」

母さんが心配そうに聞いた。

「うん。外国の子どもに比べて、日本の子どもは体格が良くないんだって。それは、正座しているからだって。だから、背を高くするにはどうしたらいいのか考えて作文にするんだ」

「へえ！　正座することがそんなにいけない

の？　お行儀のためにはいいと思うけど。でも、宿題だから頑張って」

母さんは首をかしげながら、土間でジャガイモを選別していた。

民子は、新聞を読んでいる父さんにも聞こえるように、作文を声に出し読んでみた。

「正座をしていると、体重が重石のようになって骨が大変。しびれがきれると姿勢が悪くなって、背骨が曲がる。背骨が曲がると背が伸びない。しびれがきれると、ご飯を早く食べようとする。だから、早食いになって、栄養がちゃんと取れない……」

と、いろいろな事を並べた。

　すると突然、父さんが、

「民子、どうすりゃいいんだ？」と、聞いた。

民子は（やったー！　これはチャンスだ！）と、登美子の家の話をした。

「信二の家はそんなになったか。そりゃ一度見に行かねばな」

「父ちゃん見に行ってごらん。玄関もなんとやらタイルで椅子。台所がすごくきれいになったよ。囲炉裏も無くなって板の間。椅子でご飯を食べるんだよ。広い畳の部屋が、ふかふかの椅子になったよ」

「そんなに変わったの？　しばらく職人さんが入っていたから。きれいになったでしょうよ。母さんも見せてもらおうかな？」

「明日にでも行ってみたら」

民子は、父さんと母さんが、登美子の家に行く気になっているのでうれしかった。

健二の家でも、囲炉裏の前で、民子と同じように、宿題『日本の子どもの背が高くなるには』が始まっていた。

民子と同じように、あれこれ並べ立てた健二に、

「どうすりゃあいいんだよ？」

「登美子ん家を見に行けば。おじさんが子どものためになおしたんだって。行けばわかるよ！」

「健がそんなに言うなら、明日、上屋敷の信二の家に行って見よう」

と、父さんと母さんは決めた。

健二は、父さん母さんに背中を向け、ぺろっと舌を出した。


次の日。

小雨が降っていたので、野良仕事は休み。

民子の父さんと母さんは、登美子の家に行った。

「ごめんください」玄関の引き戸を開けた二人は、

「うわー！　これって！　なんじゃ！」

と、大きな声を張り上げたまま、開いた口がふさがらなかった。

出てきた登美子の母さんも、あまりにも大きな声に驚いて、しばらく仁王立ちになっていた。

「民子が昨日おじゃまして、たいそう変わったからと言うので、見せてもらいに」

「そんな言われるほどでもないですけど。この玄関は、家の人の道楽、西洋から来たタイルですよ。でも、台所は便利だし、子どもたちも『座らなくっていい』と、喜んでいますよ」

登美子の母さんは、奥の格子戸を開けた。

「これは、これは、囲炉裏もかまども、どこにいったの？」

「囲炉裏は床の下に、かまどは無くして、ほら！　ガスコンロに」

「なるほど！　これはいい」

民子の父さんもしきりに感心した。

すると、母さんが父さんの肩を叩き、耳元で言った。

「家もこんなになったらいいですね。台所だけでも、こうなれば私はうれしいですよ」

そのとき、玄関の引き戸が〝ガラガラガラ〟と開いた。

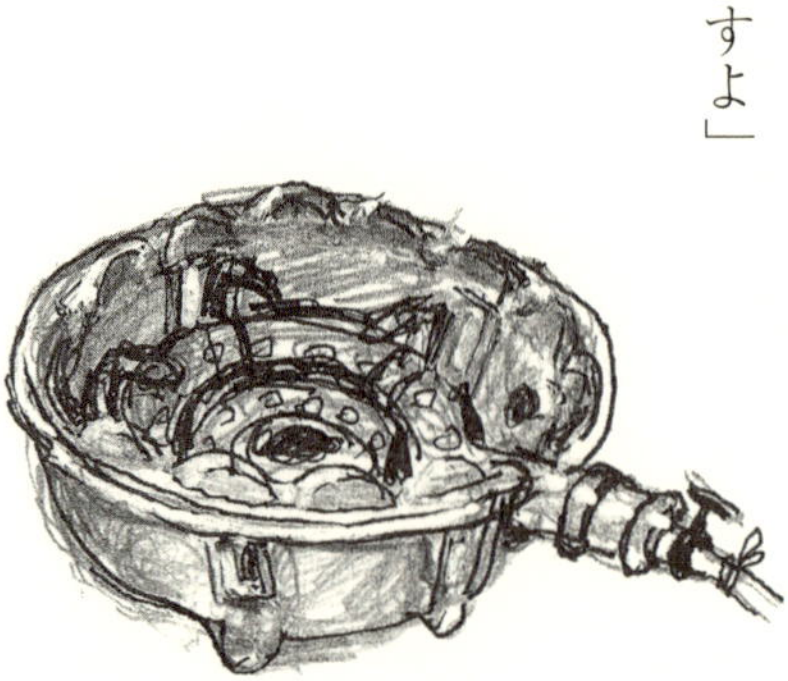

「どひゃ！　健の言うとおりだ」

「あらまあ！　こんなに！　きれいな所に、泥のついた長靴で入っていいのかしら？」

「どうぞ、お入り下さい。ここは、水拭き出来るんで、掃除はかんたんですから」

登美子の母さんが手招きをしたので、健二の父さんと母さんは、そろりと入ってきた。

台所で、民子と健二の父さんと母さんは、顔を合わせた。

「あらあら、杉山さんも」

「今日は雨降りだし、ここん家も工事がおわったようで、どうなったか見せてもらいに来たんですよ。

だって、民子があんまりうらやましがるんでね」

「うちも、健が昨日お邪魔して『きれいになった』と、言うもんで」

そんな会話をしながら、四人は隅から隅まで見回した。

「この台所、なかなか考えてあっていい……」

民子と健二の父さんは、感心したように顔を見合わせ、大きな声で言った。

民子の母さんは、くるりと一回り見まわし、

「囲炉裏が無いだけで、こんなに広々として、机も椅子も置けるんですね。それに、囲炉裏の煙や
灰、困り物ですよね。なくていいわ」

「そうそう、煙には困りますよ。ところで、昨日の宿題『日本の子どもの体格……』の作文に、健が書いていましたよ。子どもの体にも椅子での生活がいいようですね」

「そうそう、民子もそんなこと言ってましたよ」

民子と健二の母さんは、宿題の話をした。

絨毯の部屋へと変わった大広間で、皆は椅子に腰を下ろし、気持ち良さそうにお尻をゆらゆら動かし、

「ここまでは出来ないだろうけど……」

「そうそう、改造するなら、まず台所だな」

父さんたちは腕組みをしながら話をした。

「そうよ、煮炊きも便利になるし、何より土間への上がり下りが楽になりますし、子どもたちにもね」

「ここみたいに出来る身分ではありませんから、台所だけでもこうなれば良いですね」

母さんたちの話には、気持ちがこもっていた。

「信二さんは良く思い切りましたね。春子さんは幸せよね」

民子と健二の母さんは申し合わせたように言った。

「たまたま材料が手に入ったからよ。それに、囲炉裏はもう用を足していませんからね」

「そうそう、お茶を沸かすくらいで、それより残り火が気になって、おちおち野良仕事も出来ないですよ」

「ちゃんと消えたかが心配でね」

「消してしまうと、火種がないし、また燃やすときが大変ですよね」

「ここの家のように便利になるといいですね」

母さん同士で話が盛り上がった。

その夜、民子の父さんは、家族を集めて言った。

「父さんは決めた。台所を改造する」

「え！　今、何て言ったの？」

民子が突拍子もない声で聞いた。

「今日、信二の家を見に行ったがなかなかだ。あんな風には出来ないが台所だけ改造だ。囲炉裏の薪集めも大変になったからな。井戸水もポンプで汲み上げ、蛇口から出るようになった。母さんの煮炊きが大変だから、土間から板の間にしよう。みんなで飯を机で食べることにしよう」

「へえ！　父さん本当なの？」

民子と三人の兄さんは口をそろえて言った。

母さんが、民子の顔を見ながら、

「父さんは子どもに大きく育って欲しいからよ。ねえ民子、宿題でそう書いたよね」

「父さんは民子に弱いよな。でも、飯が椅子で食べれるのはいいな！　最高だ！」

三人の兄も喜んだ。


健二の家でも家族みんなが集まって、父さんが話をした。

「上屋敷の家を見に行ったら、まあ、立派になって、西洋式の椅子に座って話したり、食べたり出来るようになった。あそこまでは出来ないが、台所だけでも直して、椅子でご飯が食べれるようにしよう。ばっちゃんにもそれがいいだろうし、母さんが大変だったからな。それから、子どもも体のために良い……なあ！　健二？」

「……う、う、うんそうだよ」

「健に聞かなかったら、こんな話にならなかったから、母さんはありがたいね」

「そうだな。大工さんと相談して、近々、台所を直してもらうぞ！」

健二は、こんなに簡単に父さんが賛成してくれるとは思っていなかったので、内心、ウソの宿題が気になった。

民子の家でも、

「大工さんと相談して、近々、台所を直してもらうぞ！」

父さんの一言に、民子は（やったー！　成功！　成功！　大成功！）と喜んだが、本当は（宿題なんてウソ、健ちゃんとつるんで、ウソついちゃった……）と、心を痛めていた。

夜、布団の中で（父さんごめんなさい。でも、ありがとう。これでしびれから解放される）と、何度もなんども言いながら眠った。

次の日の朝。

民子は集団登校の列の最後を歩いて、健二の隣に並んだ。

すると登美子が、

「民ちゃん、何で健ちゃんの隣なの？　私の隣でしょ！」

と、大声で言った。

民子は返事をしないで、黙ったまま健二の横を歩いた。

民子は健二に、夕べの改造の話をしたかったのだが、自分からは言い出せないでいた。

健二も民子に、夕べの改造の話を言いたかったのだが、言い出しにくかった。

二人は黙ったまま学校まで歩いた。

昇降口で登美子が、上履きに変えながら、

「民ちゃんと健ちゃんは仲良しね。お邪魔してはいけないでしょ」

と、ふざけながら言った。

民子は登美子にも、改造の話をしようと、のどまで出かかったが、黙ったまま教室に向かった。

民子は一日中気分がさえなくて、ぼうっとしていたので、田代先生に何度も、

「民子どうした。勉強に身が入ってないぞ」

と、注意された。

学校帰りに民子は、思い切って登美子に話した。

「あのね……。登美ちゃん家みたいに椅子でご飯が食べたくって、父さんと母さんにウソ言っちゃったの」

「え！　どんなウソ」

「登美ちゃんのお父さんが言ってた、子どもの体格……。健ちゃんとつるんで、こんな宿題なかった

けど『日本の子どもの背が高くなるには』についての作文を書くって。父さんや母さんの前で、いろいろ良い事を並べたの」

「で、どうなったの？」

「次の日、父さんたちが登美ちゃん家に行って『うちも改造……』て事になったんだけど」

「じゃあ、良かったじゃないの」

「でも、健ちゃんはウソがばれて叱られていないか心配で」

「それなら大丈夫。お昼休みに健ちゃんが、民ちゃんと同じ事を言ってたよ」

「え！　登美ちゃん知ってたの？」

「ふふふ、ちょっと民ちゃんをこらしめたくって。だって、登校の時、健ちゃんと並ぶんだもん。でも、今日帰ったらウソがばれて、お父さんに大目玉をくらうかもよ。そんで、改造はご破算かもよ」

「やだ、やだ。また正座して、しびれきらしてご飯を食べるのはやだよ！」

「じゃあ、家に帰ったら本当の事を言えばいいじゃない」

「うん……」

民子は（ちゃんとあやまって、椅子で食べれるようにお願いしよう）と決めた。

野良仕事から帰った父さん母さんに、民子は本当の事を話した。

すると、父さんが、民子の頭をなでながら、

「これは、母さんのためなんだ。母さんは野良仕事に台所仕事、それに、子供の面倒も見てるだろう。ちょっとでも楽になれば良いと思ったんだ」

と、優しく言った。

民子は胸の中がぽっと熱くなり、今までつかえていたウソが、あつい熱で溶かされたように思った。

同じように健二も、父さんが母さんのために、台所を直すのがわかり、頭の中の『ウソ』の二文字がすーと消えていった。


そんな事があって間もなく、民子と健二の家から〝ガラガラトントン〟と、大工さんの音が聞こえた。

今まであった囲炉裏は板で覆われ、全然違う台所に変身した。

幌をかけたトラックで、民子が待っていた机と椅子が届き、囲炉裏のあった場所に置かれ、六つの椅子が並んだ。

民子は用意していた紙を机の上に置いた。それは、家族六人の座る場所だった。

二日遅れで健二の家にも机と椅子が運ばれ、健二も机に名札を置いた。

それは、昭和三十七年九月のことだった。

こうして、田舎の農村にも、長く続いた土間、かまど、囲炉裏の生活は終わりを告げ、近代化の波と共に、生活様式もさま変わりしていった。

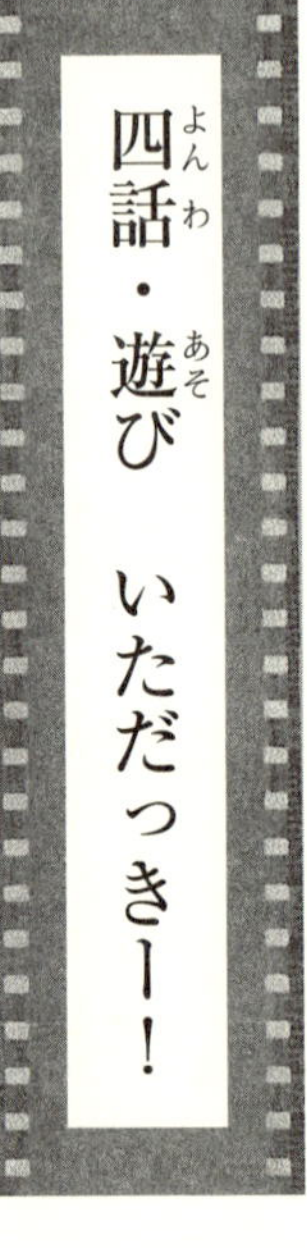

四話・遊び　いただっきー！

運動会が終わり、学校は、いつもの静けさを取りもどしていた。

達男は、両手を机の中に入れ、開いた国語の教科書にあごが付くぐらい顔を近づけていた。いかにも授業に集中している、というふうである。しかし、机の中が気になるらしく、両腕がわずかに動いているのがわかる。目はちらちら前の時計を見ていた。

「長井君。まだ終わっていませんよ」

達男ははっとして、両手を机の中から出して、顔を上げた。先生は、いつもの優しい目で達男を見ていた。

先生の名前は渡辺幸子。教師になって二年目。去年達男の学校に来て、三、四年の持ち上がりで担任をしている。時どきこうやって、達男をおどろかせた。

達男は、姿勢を正して前を向いた。ちょうどその時、

ガラン　ガラン　ガラーン、

ガラン　ガラン　ガラーン。

ベルが鳴り、二時間目の授業が終わった。

達男は、健太に目配せをして、素早く三時間目の用意をした。そして、机の中の*べったんを両方のズボンのポケットにつめこんで、だれよりも早く外へ出た。

下た箱を出たすぐ横手に飼育小屋があった。達男、健太、幸治、澄子のいつもの四人が、飼育小屋の前に集まり、今日も「返し」が始まった。

返しというのは、べったんを一人一枚ずつ地面に出して、順番を決め、自分の番がきたら自分のべったんを地面にたたきつけ、その勢いで他のべったんを裏返したら勝ちで、そのべったんをもらえるのだ。

達男、健太、幸治は、それぞれ、地面の砂や小石を手できれいにはらいのけ、自分のべったんを注意深く、ゆっくり地面に置いた。澄子は、スカートのポケットから出して、そのまま、無造作に地面に置いた。じゃんけんをして順番が決まった。

初めに幸治が、腰をかがめて地面に顔を近づけた。べったんと地面とのわずかなすき間を見つけて、そこをねらおうというのだ。

「えいっ！」

ねらったべったんは、ぴくりとも動かなかった。

「ふーっ」

幸治はため息をついた。

達男も、ほほが付きそうになるくらい地面に顔を近づけて、すきまを探った。そして、肩を二、三回回してから、力強く腕を振り下ろした。

パッチン！

ねらい通りに打てた。しかし、ねらったべったんは、やはり、ぴくりとも動かなかった。

「つぃ」

達男は舌打ちをした。

次に健太の番だ。

健太も、何度もすき間を探った後、手前にあったべったんをめがけて腕を振り下ろした。

パッチン！

だめか、と思う次の瞬間、べったんはふわりと半円を描いて、二〇センチほども飛んで裏返った。

達男はいつも、そのほんの一瞬——それは十分の何秒、というよりむしろ百分の何秒、というくらいの短い時間だった——タイミングがずれるのが、不思議でならなかった。

「いただっきー！」

健太はさり気なくそう言って、返ったべったんを取り、短パンのポケットに入れた。顔の表情一つ変えず、淡たんとしている。

達男は、健太のそういう自慢げでないところが、しゃくにさわった。

健太は、たて続けに三枚取った。

最後に澄子が打った。

ふわーっ。

全然的外れだった。振り下ろしたべったんは、的からうんとはなれて、澄子の足元に落ちた。手元がくるったわけではない。もともと本気で返そうなんて思っていないのだ。

以前澄子は、休憩時間は女ともだちとゴムとびをしていたが、最近、男の子の遊びに興味を持ち出した。澄子にとってべったんは、ただ、参加することに喜びがあった。

そうこうするうちに、

「いただっきー！」

と、また健太が取った。

こんな風にして、二〇分休けいはあっという間に終わった。

結果は、今日も、健太の一人勝ちだった。健太は、十二まい取った。達男と幸治は、結局、ともに三まい取られた。澄子は一度も返せず、六まい取られた。

健太はさっさと教室に帰った。達男と幸治は、教室に入るまで、何やらぶつぶつ言っていた。澄子は、負けても満足げ。終始にこにこ笑っていた。

テラスでゴムとびをしていた女の子たちや、運動場でドッジボールをしていた連中が、次つぎと教室へもどってきた。


学校の帰り道。

達男は澄子と一緒だった。歩きながら「空打ち」をしていた。

空打ちとは、言ってみれば「シャドウべったん」。利き手にべったんを持ったつもりで、相手のべったんを足元の先の空間に思いうかべ、それを目がけて腕を振るのだ。

達男は、あきずに何回もやっている。一回一回、何か、感覚を確かめてでもいるようだった。いつも、布の袋にべったんをつめてかばんの横につるし、入り切らない分をズボンのポケットに入れていた。だから空打ちをする度に、その袋が、ゆーらゆーらと揺れた。

澄子は、達男に歩調を合わせ、時どき達男の方を見ながら歩いていた。

歩きながら達男が言った。

「いつも健太が一人勝ちや。何とかせなあかん」

「何でそんなに勝負にこだわるん？　うちら、勝っても負けてもええで。べったん、面白いもん。それとも、べったんが減るからか？　*ぎょうさん持ってるくせに。負けんのんがいややったら、べったんせーへんかったらええやんか？」

達男は、何も答えずに足を止め、かばんを道ばたに置いた。そして、足元の地面の表面を手ではらって、ポケットからべったんを一枚取り出して置いた。それから、もう一枚取り出して、返しをやり始めた。

こんなことはしょっちゅうだった。達男の頭の中はべったんのことばかり。澄子は、そんな達男に、いやな顔ひとつせずに付き合っていた。

だんだん日が短くなっていた。

下校途中の高学年の子どもたちが、「好きやなあ。」という顔をして通り過ぎていった。割ぽう着姿の買い物帰りのおばちゃんが、ちらっと達男を見て、足早に通り過ぎた。澄子は、少しはずかしい気がしたが、それでも、達男のべったんが終わるまで待った。

達男は、こんな風に道草を食って、この日も結局、普通に歩けば一〇分ですむところを四〇分もかかって、やっと家に帰り着いた。

ガラガラガラ……

ガラス張りの格子戸を開けて、達男は家に入った。

「ただいまー」

「お帰り」

すぐに、台所から母親の声が返ってきた。

トントン、トントン……

包丁の音がした。

達男は、玄関を上がっておくの部屋に入ると、かばんを下ろし、ポケットからべったんを取り出して、その横に置いた。

「あーーっ」

ごろんと畳の上に寝転んで、天井を見ていると、

「いただっきー！」

と、健太の声が、耳のおくによみがえってきた。

いつも言われてばかり。負けずぎらいの達男は、一度言い返してやりたいと思うが、いやみで言うのは性に合わない。それに、たまに勝つぐらいで「いただっきー！」と言っても、全然様にならない。

達男はべったんが強くなりたかった。

しばらくして達男は、ふと起き上がり、茶の間からちゃぶ台を出してきた。そして、算数の計算と国語の漢字の宿題に取りかかった。社会と理科の宿題もあったが、先ずはこちらからだった。

ちょうど計算と漢字の宿題がすんだときだった。

「そろそろご飯にしようか」

台所から母親が呼んだ。

達男は返事はせずに、ちゃぶ台を茶の間にもどして、お膳の用意を手伝った。

父親は、今日も夜勤で、帰って来ない。兄も、朝早くから、修学旅行でお伊勢さん*へ行っている。

母親と二人だけの夕飯だった。

二人は、時どき箸を止めて話した。

「宿題はすんだんか？」

「社会と理科がまだや。今日は宿題が多て…」

御正宮

「べったん、どうやったんや？」

「いつもと変わらへん。健太が強ーて……それよりも、渡辺先生のことなんやけどな。ぼくが机の中でべったんさわってたら、不意に声かけるんや、『まだ終わっていませんよ。』って。ちゃんと教科書を見て、授業に集中してるように見せてるのになあ」

「先生は、あんたらのすることなんか、何でもお見通しやわ」

「そうかなあ。大学出たばっかしで、何にも知らんような顔してるのになあ」

達男は、先生の童顔を思い浮かべていた。

おかずは、ごった煮と味そ汁。達男は、きらいな人参を先に食べ、好きなれんこんはゆっくり食べた。


夕飯が終わると、達男は、すぐにべったんの練習を始めた。以前は、夕飯の後は、隣にテレビを見せてもらいに行くことが多かったが、べったんにこりだしてからは、すっかり行かなくなった。

達男は、よその家におじゃまして見るのが気がねだった。テレビを見ていないと、学校でテレビのことが話題になると、話に入っていけなくて引け目を感じた。でも、気がねしながらテレビを見ても、少しも楽しくなかった。それに比べて、べったんはだん然面白くて、楽しかった。

先ず、畳の上でやってみた。

畳には、い草の織り目で小さなでこぼこがあるから、べったんとの間にわずかなすき間ができる。そのすき間をねらって打つのだ。

ねらいを定めて力いっぱい打つが、なかなか返らない。何かの拍子に、ふと返ることがある。でも、これだと思ってまた打つと、また返らなくなる。

次に、座布団の上でやってみた。

座布団の上はすき間ができやすく、よく返った。でもすき間が大きくても、返らないことが結構あった。それに、ここぞとばかりに力いっぱい打ったときに限って、まるでのりではり付いたように動かなかった。

達男は、ちゃぶ台を持って来て、その上でもやってみた。

表面はまっ平らだから、すき間はないと言っていい。学校のコンクリートのテラスと似ている。だめでもともとの気持ちで、何度もやってみたが、やはりうまくいかなかった。ただ一度だけ、ふっと、浮きかけたような気がしないでもなかった。

すき間が大きい時、比かく的よく返ることはわかった。しかし、大きくても返らないことがあった。結局、うまく返す方法は見つからなかった。

「あーーっ」

達男は大きくのびをして、たたみに寝転がった。

そもそも達男は、運動や遊びが得意だった。何でもよく工夫する方で、いわゆるコツをつかむのがうまかった。なのに、べったんだけはちがった。なかなかコツがつかめないでいた。負けずぎらいの達男は、自分が歯がゆかった。

達男はしばらく目を閉じていたが、ふと社会と理科の宿題のことを思い出し、急いで取りかかった。


土曜日の午後だった。

土曜日は、授業は午前中。給食がなく、腹を空かせて帰ってきた達男は、おそい昼食をすませ、早速べったんをすることにした。

達男の家の真ん前に、小さな化学工場があった。その門の前あたりは、少し空き地になっていた。普段、この門からのトラックなどの車の出入りはほとんどなかったので、達男は、よくここでべったんをした。

隣の義男と和男の兄弟をさそった。

義男はクラス違いの同い年で、べったんの腕前は、どっこいどっこいだった。和男も、三つ年下で、べったんを覚えたばかりだった。だから、上手下手を気にすることも、耳ざわりな「いただっきー！」

を聞かされる心配もなかった。いろいろ試すには、もってこいの相手だった。

三人がべったんに夢中になっていると、お米屋の正ちゃんが、配達用の自転車の荷台に米ぶくろを積んで通りかかった。

正ちゃんは長男で、中学三年生。土曜日の午後や夏休みなどの長い休みの時には、店の手伝いで、よく米を配達していた。物知りで、運動や遊びは何でも上手だった。

「だれが勝ってんのん？」

正ちゃんが声をかけてきた。

「どっこいどっこいや」

達男は答えた。

正ちゃんは、べったんの名人。コツを知ってるはずだった。でも負けずぎらいの達男には、すんなりと、教えてくれとは言えなかった。

「ぼくも寄せてーな」

正ちゃんの方から言ってきた。

正ちゃんはべったんを持っていなかったので貸してあげた。勝っても負けても実際のべったんのやり取りは無しで、返った回数だけを競うことになった。

正ちゃんはやっぱりうまかった。達男は、コツをぬすんでやろうと思った。正ちゃんが打つ度に、その打ち方をじーと見た。べったんの持ち方、腕の振り方、地面に当たるときのねらったべったんとの距離や角度など、目をこらして見た。でも、何がいいのか、どこがうまいのか、全く分からなかった。正ちゃんも、うまくいかないことがあった。うまくいく時とうまくいかない時を比べてみたが、やっぱり、コツらしきものは分からなかった。

「あっ、おそなってしもうた。油売ってたらあかんわ。ぼくは、ここでやめるわ」

正ちゃんは、べったんを返して自転車にまたがると、ゆっくりペダルをこいで走らせた。角を曲がるところでわざわざ自転車を止め、振り返って言った。

「おーい。力任せに打ってもあかんで。あおりや、あおり。あおりを起こすんやで」

正ちゃんはコツを教えてくれたつもりのようだったが、達男にはさっぱり分からなかった。義男も分からないと言った。

「あおりって、何やろ?」

達男はつぶやいた。

正ちゃんがぬけて、べったんは終わりにした。達男は、家に入ってすぐ、「あおり」を辞書で調べた。

——あおること。風に吹かれて動くこと

とあった。

「あおる？　風？」

「あおる」を調べた。

――風や火の勢いで物を動かすこと

とあった。正ちゃんの言葉を思い出した。

――力任せに打ってもあかんで。あおりや、あおり。あおりを起こすんやで。

「そうか！」

達男はひらめいた。

「ただ強ー打ってもあかんねん。風を起こさなあかんねん」

早速座布団の上で試してみた。

べったんを払うように、腕を大きくゆったりと振った。思った通りだった。風が起こるのを感じることができた。しかし、なかなか返らない。何回か試したときだった。まただめか、と思った次の瞬間――それはやはり、十分の何秒、というよりむしろ、百分の何秒というくらい短い時間だった――、べったんは大きく半円を描いて、ひらりと返った。

打つ度に、面白いように返った。ひらりひらりと、二〇センチも三〇センチも飛んだ。

「いただっきー！」

つい口から出てしまった。

畳の上でもやってみた。

うまくいった。ついに達男は、べったんのコツをつかんだ。

（勝てる！）

確信した。

月曜日が、楽しみになった。「いただっきー！」と言っている自分の姿を思い浮かべて、一人ほくそ笑んでしまった。

（正ちゃん、ありがとう！）

心の中でそう叫んだ。

茶の間をのぞくと、母親が内職の仕立てをしていた。近所の人の浴衣を縫っているのだ。大した収入にはならないのだが、生活費の足しだった。

「お母ちゃん、コツがわかったわ」

「べったんしてたんか」

「うん」

「さっき、正ちゃんの声がしてたようやけど、教えてもろたんか？」

「うーん、……自分で見つけたんや」

「そうか。それはよかったなあ」

そう言って母親は、裁縫を止め、買い物に行くと言って出かけた。

夕方、父親が、二日続きの夜勤を終えて帰ってきた。兄も、前後して、修学旅行から帰ってきた。

夕飯は、家族四人がそろった。兄の土産話に花が咲いた。

兄は、達男にだるま抜きのおもちゃ、父親に孫の手、母親に絵葉書を、それから家族みんなに、「赤福もち」を買ってきてくれた。

翌日曜日。

朝食が終わると、父親と兄はまた、昼前までぐっすり眠った。達男は、早速だるま抜きをした。すぐにコツをつかみ、午前中は、ずっとだるま抜きをした。でも午後は、相変わらずべったんだった。

月曜日の朝、達男は気がはやった。学校へ向かうと中、つい空打ちをしていた。感覚を確かめずにはいられなかった。

下た箱の所で、健太と一緒になった。

「今日も、べったんしょうな!」

いつもは、わざわざそんなことを言わないのに、言ってしまっていた。今日勝負がしたかったのだ。

「うん? ……うん」

健太は、怪訝な顔をした。

全校朝礼があったので、達男はかばんを置いて外へ出た。

朝礼が終わって、みんな教室へ帰ってきた。

達男は、授業が始まる前から、気がそわそわしていた。態度には出さないように努め、手も机から出して、しっかり前を向いていた。それでも、先生と目が合うごとに、ついほほがゆるんだ。

そんな達男に気づいて、先生が言った。

「長井君。何かいいことあったの?」

「別に」

達男は、わざわざ顔の前で右手を振って見せたが、うれしさはかくせなかった。今度はつい、にやけてしまった。

二時間目の授業が終わった。達男は、いつものように健太に目配せをし、はやる気持ちをおさえて、おもむろに外へ出た。

いつもの場所、いつものメンバーで、いつものべったんが始まった。そして達男の番になった。

達男は、胸がどきどきして、べったんを持つ手の指が小さくふるえた。

健太は、いつもと違う達男に気づいて、固唾を呑んだ。

達男は、しっかりねらいを定め、（大きくゆったりと、大きくゆったりと）と、心の中で自分に言い聞かせながら、腕を振った。

（えい！）

パッチン！

一瞬、時間が止まった。しかし、次の瞬間――それはやはりあの、百分の何

秒という短い時間だった——、

　ひらり

ねらったべったんは、大きく半円を描いて、三〇センチも飛んで裏返った。

　うまくいった。達男が打つ度に、べったんはひらり、ひらりと返った。みんな驚いた。

「たっちゃん、すごい！」

　達男が返すごとに、澄子が、胸の前で小さく手をたたいた。

「どうしたんや、今日は。えろう調子がええなあ」

　幸治は、おどろきをかくせなかった。

　健太は、何も言わなかったが、唇をすぼめて口をつき出した。

（いつの間に強なったんや！）心の中で叫んでいた。

　達男は、返るごとに、「いただっきー！」の言葉を、堂どうと口にした。

　健太はあくまで平静を装ったが、心の動ようはかくせなかった。健太の「いただっきー！」の言葉はどことなく不自然で、ばつが悪そうだった。

　二〇分休けいは、あっと言う間に終わった。

　勝負は、達男が勝った。健太は四枚、達男は七枚だった。

達男は、とうとう雪辱を果たした。おまけに、『赤胴鈴之助』のべったんが二枚も取れて、大満足だった。

健太や幸治は、テレビで一番人気の『月光仮面』を集めていたし、澄子は、そういうことには無関心だった。だから、お気に入りの『赤胴鈴之助』が、たやすく手に入ったのだ。

三時間目、達男は、いつになく授業に身が入った。先生の説明も、不思議とよく理解できた。何か自分が、急にかしこくなったような気がしていた。

先生が、いたずらっぽく笑って言った。

「長井君、えらい熱心やねえ。人が変わったみたいやん？」

達男はふと、（やっぱり先生は、何でもお見通しなんかなあ）と思った。

学校の帰り道。達男は、また澄子と一緒だった。

「どうしてあんなに、うもなったん？　だれかに教えてもろたんか？」

「コツや。コツがあるんや。それを見つけたんや」

「私にも教えてーな」

「まあ、そのうちにな」

達男は、足取りが軽かった。空打ちもせずに、さっさと歩いた。

澄子は、時どき小走りして達男を追った。

「待ってーな！」


それから達男は、べったんがみるみる上達した。同じクラスの他のべったんグループや、他のクラスの連中とも勝負をした。みんな、達男の強さに舌をまいた。

一ケ月ほどたって、隣の学校の連中とも勝負をすることになった。達男の評判を聞きつけて、申し込んできたのだった。


昭和三十三年。

いつの間にか、季節は秋も深まり、木々の葉がすっかり色づいていた。

＊べったん…関西での言い方で、めんこのこと。
＊ぎょうさん…関西での言い方で、数量が非常に多いさま。たくさん。
＊お伊勢さん…三重県伊勢市の「伊勢神宮」のこと。当時、小学校の修学旅行で訪れた。

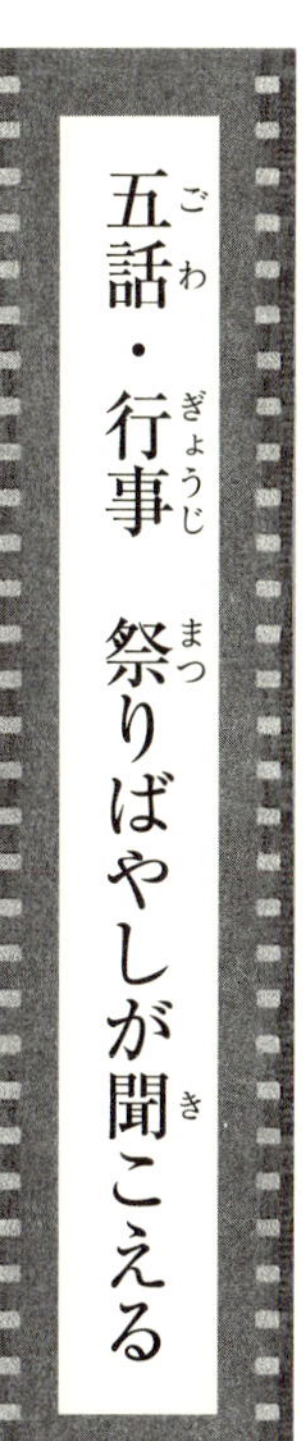

五話・行事　祭りばやしが聞こえる

昼に降った雨はあがったが、梅雨どき特有の、少しむし暑い夕暮れをむかえた。
四年生の直子が住んでいるのは、四方を山に囲まれた盆地。東北の小さい町だ。
この季節になっても、遠くの飯豊山の山頂は、残雪で白く輝いている。

「直ちゃん、ヨッセヨッセに行こう」

同級生の和枝が、弟の豊を連れて、玄関に立っていた。直子のおかあさんが、前かけで手をふきながら顔をだした。

「和ちゃん、いつもありがとうね。今日のヨッセヨッセ、晴れてよかったね」

直子のところでは、『虫おくり』のことを昔から『ヨッセヨッセ』とよんでいる。

「直子ー、和ちゃんがきてくれたよー」

「はーい。今行く」

元気な直子の声が、奥から聞こえた。

「和ちゃんは、豊君のめんどうもよく見て、えらいわねえ。直子はひとりっ子でわがままだから、よろしくね」

おかあさんは、いつもひとこと多い。

「おまたせー」

直子は、花がらのワンピースを着ている。

「直ちゃん、そのワンピース、よく似合ってるね」

「そう、ありがとう。でも、これ、おかあさんの洋服の仕立て直しなの。おまけに手作りだから、少しへんでしょう」

直子は、少し小さい声でつぶやくように言って、えり元を指さした。よく見ると、左右のえりが少し違う。

「大じょうぶ。ぜんぜんわかんないよ」

和枝は、指で丸を作って、片目をつぶった。

「ちょうちんは借りてあるよ。はい、こっちが和ちゃんのね」

直子がわたしたちょうちんざおは、一メートル半くらいの竹ざおの上に切りこみをいれて、六〇センチほどの竹を十字にして、金具でとめてある。その両側に、直径二〇センチほどの丸く赤いちょうちんが、一個ずつついてるだけの、簡単なものだった。

「豊君は、この軽いほうね」

五歳の豊には、一メートルほどの長さの竹ざおに、ちょうちんが一個だけヒモでくくりつけてあるのをわたした。

「早く、行こう」

和枝は、せかすように豊の手をにぎった。

出発地点の公民館には、すでに多くの子どもたちが集まっていた。

「直子、和枝、遅いぞ。もうみんなそろったから、お前たちは、後ろだな」

同級生の昭彦が、声をかけた。昭彦の持つちょうちんには、すでに灯りがともっていた。

「早く、ローソクを受け取って、火をつけてもらいな」

指図するような口調の昭彦。

「なによ、ちょっとくらい早くきたからって、えらそうに！　和ちゃん、行こう」

直子は、マンガのたこのようにくちびるをつき出しながら、列の後ろへ歩いていった。

第二次世界大戦前まで、町内の主な行事は、地主や長老たちが仕切っていた。

戦争が終わって、今日のような『虫おくり』や『神社の祭り』などの行事は、若い*青年団の人たちが中心になって、行うようになっていた。

また、*農地改革によって、地主と小作の関係はなくなったが、住んでる人たちにとって、特におとなたちは、急に「みんな平等」「民主主義」などといわれても、なかなかついていけない人も多かった。

そんな中、青年団のメンバーたちは、新しい知識やルールを身につけ、同じ目線で社会活動をしていた。国も、活動の後押しをした。

直子たち三人は、世話役の青年団の友子から、ローソクに火をつけてもらって準備完了。

「みなさーん、今夜の『虫おくり』によく参加してくれました。これから、大通りを通って、町はずれの千本橋までゆっくり歩いて行きます。距離は約一キロです。途中で、具合が悪くなった人は、近くの青年団員に声をかけてください。最後まで歩いた人には、お楽しみが待ってまーす！」

大きな声であいさつしてるのは、団長をしている、直子の近所の有一さんだ。

道路は砂利道で、夜は、車もほとんど走っていない。また、電柱はまばらにしか立っていなかった。

ドンドド　ドンド　ドンドド　ドン

たいこの合図に合わせるように、

「ヨーセ　ヨッセ　ヨッセ　ヨッセー」

「ヨーセ　ヨッセ　ヨッセ　ヨッセー」

昔から続いているかけ声が、町内にひびきわたる。

うすずみ色の世界に、数百個のちょうちんの灯りが、長い光の帯になってゆらめいた。


直子の家は、大通りに面していて、両親が玄関前に立っていた。

「直ちゃんちのおとうさんとおかあさんだよ。仲がいいね」

和枝が言った。

「でも、おかあさんはおとうさんに、文句ばかり言ってるよ」

「うちは、おとうさんがいないから、そういう会話もないのよね」

和枝は、さみしそうにつぶやいた。

和枝のおとうさんは、豊が生まれて間もなく、兵隊に行っていた時にかかった、マラリヤがもとで亡くなったのだ。高い熱が何日も続いたと聞いている。

「ヨーセ　ヨッセ　ヨッセ　ヨッセー」

「ヨーセ　ヨッセ　ヨッセ　ヨッセー」

和枝は、いちだんと声を張り上げた。

『虫おくり』は、江戸時代から続いていて、田や畑の豊作を祈る、庶民の行事である。

作物を食い荒らす害虫をちょうちんの灯りに集め、となりの町へ送る。次の晩は、そのとなりの町で虫おくりをする。こうして次々と送って、最後には、大きい川に流すのだ。農薬などない時代に考えた、生活の知恵だったのだろう。

しかし、戦争中は、ちょうちんの灯りが「敵の飛行機にねらわれる」と言う理由で、数年間、中断していた。

昭和二十年八月十五日終戦。

その次の年から、再び町内のさまざまな行事も復活した。

「はーい、みなさん、ご苦労さまでした。ちょうちんは青年団員のところまで、返してください。お楽しみのお菓子を忘れずにもらってから、帰ってくださいよー。

それから、ひとりで帰れない人は、青年団員が一緒に行きますので、声をかけてくださーい」

「直ちゃん、今年のお菓子は何かしらね」

「うん、楽しみだね」

直子と和枝が、歩きつかれた足をさすっていると、

「直ちゃんも和ちゃんも、特に豊君はほんとうによく頑張ったね！」

友子さんが、お菓子の入った紙袋をわたしてくれた。白くほっそりした手が、月明かりの中でもよくわかった。

袋の中には、塩せんべいとアメ玉とビスケットが入っていた。さっそく三人は、アメ玉を口の中に入れた。

「あまーい」

直子たちは、いっせいに声をあげた。

「虫おくりが終わると、八幡神社のお祭りだな」

直子たちの後ろから、有一さんの声がした。

「有一さん、今年は警護なんでしょう。がんばってね」

有一さんを見る友子さんの瞳は、夜空の星が映ったように、キラキラしている。

「うん」

有一さんは、右手を軽くあげた。

友子さんのほほが、ほんのり赤くなったのを宵闇がそっとかくす。

「あのふたり、仲がいいよね。結婚するのかな。直ちゃん、どう思う?」

「えっ、結婚! 友子さん、お嫁さんになるの?」

思いもかけない、和枝のことばにどぎまぎする、直子だった。

「だって、虫おくりのときも、ずーっとふたりで話してたんだよ」

「そうだったの。ぜんぜん気がつかなかったわ」

「直ちゃんは、子どもだからね」

「えー、和ちゃんだって、私と同じ小四で子どもだよ」

「そういうことじゃないから……。もういい。さっ、豊、帰ろう」

和枝は、豊の手をぐいと引きよせた。

「おねえちゃん、ボク、もうつかれたー。おんぶしてぇ」

豊は、その場にしゃがみこんでしまった。

「だから、豊を連れてくるの、いやだったのよ！」

和枝は、強い口調で豊をしかった。

「だって……」

豊は、半分べそをかいている。

「じゃ、私がおんぶして……」

直子が言いかけたとき、

「和ちゃん、オレが豊君をおぶっていくから、心配しなくていいよ」

有一さんが、豊をす早く背負った。

「チビのおねえちゃんと、ぜんぜん違う。おとうさんの背中みたいだー」

豊は有一さんの背中にしがみつきながら、ニコニコしている。

「豊、おりなさい！」

和枝は、声を荒げた。

「やだもん」

「和ちゃん、いいからいいから。さあ、みんなで帰ろう」

有一さんの後ろを、直子と和枝が追いかけるように歩いた。

そのとき、友子さんが有一さんに、よりそうようにならんだ。

「ほら、ねっ！」

和枝は直子の腕をひじでつついた。

ふたりのことを知らない豊は、両足をバタバタさせて、うれしそうだ。

やわらかい月明かりが、つつみこむようにふりそそぎ、星はいつもより輝いてみえた。

待ちに待った、夏休みになった。
暑い毎日が続く。日陰にいても、汗が流れてくる。ミンミンゼミは、いそがしそうに鳴いていた。
夕方になって、
ドンドド　ドン　ドン　ドンドド　ドン
ドンドド　ドン　ドン　ドンカッカ
八幡神社から、たいこの音が聞こえてきた。
「そういえば、きょうは八月七日だったわ。お祭りの練習が、始まるね」

おかあさんが、夕食のおかずをちゃぶ台にならべながら、カレンダーを見た。

「どうして、八月七日からなの？」

直子は、茶わんを持ったまま聞いた。

「昔から、お祭りの獅子に係わる男たちは、『七日浴び』といって、その日の朝早くに、大川に入って、身を清めたのよ」

「大川って、町の西を流れている川のこと？」

「そう。川の水は、けがれを流すと、昔からいわれているのよ」

「じゃ、おとうさんも川に入ったの」

「もちろん、おとうさんの警護姿、本当にステキだったわ……」

おかあさんは、若いころのおとうさんを思いだしたのか、乙女のように目を輝かせた。

「私も、見たかったなあ」

「それは、無理よ」

「どうして？」

「だって、警護の役は、独身ってきまっているの。直子は、まだ生まれていませーん」

「ガッカリ！」

直子は気持ちを切りかえるように、

「ねえ、警護って、独身ならだれでもなれるの」

と聞きながら、ふっと昭彦のことを思い浮かべた。

「ううん。選ばれた人よ。体格も性格もよくて、間もなくお嫁さんをもらうような年ごろの男性。何より、男前でないとねえ。オ・ト・コ・マ・エだよ」

おかあさんは、何度もくり返した。

(あーだめだ。昭彦のサル顔では、とても無理無理)

直子は、急に食欲を失った。


八幡神社の宵祭りの日がやってきた。

神社は直子の家からみると北側にある。ずっとむかしの城跡だといわれている、小高いところに建っていた。数百年も生きてきた松もあり、杉やさくらなどの多くの木に囲まれて、夏でも少しひんやりする。

各家の前には、だ円形の大きいちょうちんがさげられる。ちょうちんには、『御神燈』と大きく書かれ、その家の名前も書いてある。

大通りに面している直子の家の前の両側には、毎年たくさんの露店が並ぶ。

一番乗りでやってきたのは、金魚屋のタケおじさんだった。

「よう、直ちゃん。元気にしてたかい。いちだんと、べっぴんさんになったじゃねえか。悪い虫は、ついてねえだろうな」

相変わらずの、べらんめえ調だ。髪は角刈り、肩のところに入れ墨がある。一見こわそうだが、小さいころから知っている直子は、大好きだった。

「虫なんて、ついてないよーだ」

タケおじさんには、何でもいえる気がする。

時間がたつにつれて、露店は増えていき、道路の両わきにずらりとならんだ。

日が暮れるとテントには、はだか電球がさげられ、虫もよってくる。子どもたちは、そんな虫など物ともせず、オモチャや食べ物に群がるようにやってくる。

たいこの音が聞こえてきた。

大きい旗やちょうちんを持った人たちを先頭に、お神輿が手押し車に乗ってくる。その後を神主さんが、静かに歩いてくる。少し間をおいて、たいこ、笛と続き、最後に獅子が舞うようにして出てくるのだ。

「直ちゃん、今年も見せてね」

和枝が、豊を連れてやってきた。和枝の家は裏通りにあって、お神輿や獅子を見られない。露店もない。そこで、毎年直子の家にきて見ていくのだ。

「和ちゃん、豊君、どうぞ、どうぞ」

直子はおかあさんがおばさんの古いゆかたを縫い直してくれた、百合の花がらのゆかたを着てむかえた。

朝顔もようのゆかたを着た和枝は、少しおとなびてみえる。豊は、青いかすりにへこ帯すがたで、愛らしかった。

「豊、下駄をきちんと、そろえなさいよ」

そういって、和枝も下駄をぬいであがった。

「和ちゃんのお祭り下駄、かわいいね。ゆかたとよく合ってるよ。豊君の下駄もかっこいいよ」

「ありがとう。初めて、赤いぬりのぽっくりを買ってもらったの。でも、ゆかたは親せきの子のお下がりだよ」

それでも、和枝はうれしそうだ。

「いいなあ、ぽっくり。私は、今年はこれにしたのよ」

直子は片足をあげて、桃色の鼻緒のぞうりを見せた。

お盆に買ってもらうのは、「お盆下駄」。お祭りに買ってもらうのは、「お祭り下駄」という。一年に一度、はき物をかってもらえる習慣があった。

「和ちゃん、豊君、こっちこっち」

直子は、階段をバタバタとかけあがった。

道路は、獅子を見たり、露店を見る客でごった返していた。直子たちのような小さい子どもが、獅子を見ることは、なかなか大変なことだった。そこで、直子の家では、子どもたちだけ特別に、二階から見てもよいことにしていた。

「直子、電気は必ず消すのよ。神さまを上から見下ろすのは失礼なことだからね。大声を出したり、さわぎ回るのもだめよ」

おかあさんは、何度もいった。

「もう、わかってる。毎年聞いているから、耳にタコだわ」

たいこと笛の音が、近づいてきた。

獅子の道案内にかざす、祭りの役員が持つちょうちんの灯りが、通りに流れてきた。

「きたよ、きたよ」

豊は、前かがみになって、窓から身を乗り出した。

「豊、あぶないよ」

和枝が、豊のへこ帯を引っぱった。

いよいよ獅子のお出ましだ。獅子頭は、木彫りで黒漆がぬってある、黒獅子。白く長いふさふさのたて髪。一点を見すえたような大きな目と動く耳。大きな歯は、金箔で仕上げてある。

獅子を舞う人、たいこや笛の人は、白生地で作った前合わせの上着に、股引、白足袋にわらじをはいている。警護は、直径四センチ、長さが二メートルほどの丸い棒（警棒）を持ち、黒い印半てんに*下帯姿。黒足袋をはき、なぜか化粧まわしをつけていた。長老に聞いても「昔からの決まりだ」という答えしかかえってこなかった。

重さが十から十五キロもあるといわれている獅子頭。その後ろには、幅三メートル、長さ一〇メートルもの、幕のような布がついている。その中に、男性が二〇人ほどはいっていて、交代で獅子頭を持つ、百足獅子だ。

獅子は、人々を見おろすように高く上がったかと思うと、左右に振れたり、ねじったり、地面をはうような低いしせいになったりと、勇壮で、せん細な動きをする。

笛の音色は、もの悲しく、心にしみるように流れる。その笛に合わせ、たいこのばちが力強く振りおろされる。

ヒュー　ヒョー　ヒュールルル

ズンドド　ドンドン　ズンドド　ドン

たいこと笛に合わせ、高ちょうちんの灯りで黒獅子が、夜空に浮かびあがった。勇ましく、力強く、美しく、華やかでもあった。激しく動き回る獅子の先頭に立ち、獅子をうまく導くのが、警護の役目だ。

八幡神社の獅子舞は有名で、町外からもたくさんの人がやってくる。

町内のあちらこちらで御神酒をいただいた獅子は、神社に帰るころは、すっかり酔っぱらってしまう。酔った勢いで、走り回る獅子を警護がいさめると、周囲の人びとから大きな拍手とかけ声がかかるのだ。これが祭りの見せ場になっている。

「やっぱり、今年は有一さんだったね。かっこいいなあ」

直子たちは、有一の勇ましい姿に圧倒された。

警棒を持つ腕はたくましく、まるで彫刻のようで、ほとばしる汗さえ美しかった。

「友子さんが、有一さんを好きになるのもわかるわー。あのふたり、きっと結婚するよ」

和枝がおとなのような口ぶりでいった。

「そんなこと、どうしてわかるの？　でも、そうかも……」

直子は七日に聞いたおかあさんのことばを思い出していた。

十数人の男の子たちが、獅子の後をおいかけて行った。

「ぼくもいきたい」

豊がだだをこねるようにいった。

「まだ小さいから、だめよ」

和枝がぴしゃりという。

「じゃ、いつからだといいの」

「そうねえ、二年生になったらね」

「和ちゃん、豊君、これからお店を見に行こう」

直子がさそった。

三人は、神輿と獅子がとなりの集落に移動して、静かになったので外にでた。

「直ちゃんたち、ようやくおでましかい」

さっそく声をかけたのが、金魚屋のタケおじさんだった。

「おじさん、金魚は売れてる?」

「これからが、本番さ!」

「たくさん売ってね」

「まかしとけって！　気をつけていきなよ」

タケおじさんは、首の手ぬぐいを頭に巻きなおした。

直子たちが、わた菓子やヨーヨー、オモチャの店をのぞきこんでいると、

「はーい、おじょうちゃんたち、ハッカパイプはどうかね。きょうは大サービスだ。いつもの倍のハッカを入れちゃうよ」

元気のいいおじさんが、声をかけてきた。

「じゃあ、キューピーのパイプをください」

直子と和枝は、おそろいのパイプを首からさげてもらった。豊は、お面屋に行き、

「ボク、ゲッコカメンがいい！」

といって、セルロイド製の月光仮面を買った。

男の子の多くは、弱きを助ける月光仮面にあこがれていた。

豊はお面をつけて、気分はすっかり月光仮面。正義の味方に、なりきっている。

祭りの夜は、少し遅くなっても、親たちもうるさいことはいわない。それをいいことに直子たちは、

水アメのついた割りばしをクルクル動かしながら、店から店を歩き回った。

人々は、日ごろのうさを晴らすように、遅くまで酒をくみかわす。

祭りが終わって一ヶ月も過ぎると、朝晩はめっきりすずしくなってくる。

田んぼの稲は、しだいに黄金色にそまり、刈り入れが近いことを感じさせる。

そんな土曜日の午後だった。

「大変だよ！　直ちゃん……」

和枝がバタバタとびこんできた。

「どうしたの、和ちゃん」

「夕べ、有一さんと友子さんが、かけおちしたって……」

「カケオチ？　何、それ」

「えー、直ちゃん知らないの？　恋人同士が、一緒に家を出ることよ」

「どうして、出ていったの」

「友子さんちは、元地主でしょう。有一さんちは元小作農家。友子さんの親たちが、結婚に反対したんだって……」

「似合いのふたりだったのに、かわいそう」

直子は、虫おくりのとき、よりそうように歩いていたふたりの姿を思いうかべた。


それから三年後。

直子は、中学生になった。夏休みに入り、祭りも近いころだった。

おかあさんが、有一さんの家で、有一さんと友子さんは、東京で元気に暮らしていて、赤ちゃんも生まれたと、聞いてきた。

長い間、直子の心に刺さっていた小さなトゲが、ぽろりと落ちた。

虫おくりは、今は小学生までの子どもの行事だ。

でももしかしたら、ずっと昔は、おとなたちの、口にはできないつらさや悲しさ、悔しさ、病気や悪いことなども、害虫と一緒に送って、川に流したのかもしれない。すべて流すことで、新たな気持ちで前に進むことができたのではなかったか……。

三年前の虫おくりの夜、あのふたりもそうだったのかも。直子は、人の想いの深さに、ほんの少し触れた気がした。

稲田のむこうに、祭りの練習をしている神社が、明るく照らしだされている。

風がはこんでくる笛と力強いたいこの音は、直子を元気づけてくれる気がした。

＊青年団…　地域の青年によって組織され、研修や親ぼく、ボランティア活動を目的とする団体。昭和二〇年代後半がピークで、全国で約四〇〇万人の青年団員がいた。

＊農地改革…　地主が持つことのできる土地の広さを制限し、あまった土地を国が強制的に地主の小作地を買い上げ、小作農に安く売り渡した。

こうして、小作農は自立し、自作農となった。この改革により、村を支配していた地主制度はくずれ、農村のようすはすっかり変わった。

＊下帯姿…　褌すがた

エピローグ　喜びの時

三年前、偶然出会った五人は『「いただっきー！」〜昭和へのタイムスリップ〜』出版記念会で再会した。

どの顔も、笑顔、笑顔、笑顔だ。

「お久しぶり。とうとう出来上がったね」

「こんな風に出版出来るなんて。思いもしなかったわ」

「あの時、あの場所で偶然出会って、意気投合し、心が打ちとけたのが良かったのよね」

「そうよ、意見が一致し、前進あるのみ……の勢いがあったから」

会場での会話は弾んでいた。

一番年長の、民子が、

「この物語は、偶然出会った昭和生まれの五人が、自分たちの子どもの頃の生活（着るもの、食べるもの、住まい、遊び、行事）を、みんなに知ってほしいとの思いから、書き上げたのよね。平成へと時代は移っても、親から子へ受け継がれる愛情、心（気持ち）は変わることはないから、読んでくださる方に普遍の愛が伝わるといいよね。そして、多くの子供達に読んで欲しいのと、私達同様、昭和生まれの人には、懐かしい思い出が甦れば嬉しいよね」

民子のはなしを聞いていた四人も、大きくうなずいた。

五人の伝えたい昭和の姿と心は、一冊の本となって、ここに花開いたのだった。

・著者プロフィール

KHODS（子どもの本大好き）は日本児童文芸家協会会員有志による創作ユニットです

K　「ワンピースのメロディー」かとうけいこ　　東京都出身埼玉県在住　元小学校教諭
紙ひこうき同人　児童ペンクラブ会員　童話勉強会くにたち会員
著書　童話集『リュウジン山ラプソディ』『かたばみクラブ』（共に埼玉文芸賞）
心といのちを守る５つの童話　漆原智良編著『ぼくたちの勇気』に
「みんなそろってキックオフ」
童話集『扉をあけると。』に「よーこそ！　ジャガジャガ国へ」
『扉をあけると。Ⅱ』に「ジャンケンポン仮面ケンザン！」

H　「祭りばやしが聞こえる」はせべえみこ　　山形県出身在住　元保育士
青おに童話の会会長
図書館司書　おはなし会きらきら会長（22年度文部科学大臣賞受賞）
著書　童話「ナマハゲのくる村」　童話集「はるかはドジなの？」

O　「思い出の味アイスキャンデー」大川すみよ　　奈良県出身埼玉県在住　画家
紙ひこうき同人「三田文学」会員　絵画教室講師
著書　絵本『ひとりぼっちのおに太郎』文と絵
論文『日本文学の鬼と童話の関係における研究』
童話集『 扉をあけると。』に「ぼくのしっぽ」
『扉をあけると。Ⅱ』に「ぼくのみみ」　表紙絵も担当

D　「いただっきー！」だんちあん　　広島県出身兵庫県在住　元小学校教諭
けやきの会会長　日本作詩家協会会員
著書　童話『あすかちゃんのビーチボール』（コンクール入賞作）
絵童話『瓢箪池の河童』『おいたしちゃったの』『風船かずらの夢』
おはなしの森の会編著『おはなしの森３』に「赤い風船」

S　「二人の作戦」すずきたかこ　島根県出身東京都在住　元幼稚園教諭・学童保育指導員
紙ひこうき同人　児童ペンクラブ会員
著書　平和を祈る三部作『おなかにすんでいるパンのトゲ』
『『ミシン』それはたからもの』『わが家は三畳の倉庫から』
絵本『おばあちゃんのだんだん』文と絵
童話集『扉をあけると。Ⅱ』に「私は梅ちゃん　別れの日がやって来た」

表紙・カット　大川　純世

NDC913
KHODS（子どもの本大好き） 編・著
神奈川　銀の鈴社　2016
112P　21cm（**いただっきー！**）

定価＝一、六〇〇円＋税

鈴の音童話
いただっきー！

二〇一六年八月一日　初版
二〇一六年九月二〇日　初版二刷
著　者――KHODS（子どもの本大好き）©
発　行――㈱銀の鈴社　http://www.ginsuzu.com
〒248－0005　神奈川県鎌倉市雪ノ下三－八－三三
電　話0467(61)1930
FAX0467(61)1931
発行人――柴崎　聡・西野真由美
〈落丁・乱丁本はおとりかえいたします〉

ISBN978-4-87786-628-0　C8093

印刷・電算印刷　製本・渋谷文泉閣